채널마스터
CHANNEL MASTER

채널마스터 CHANNEL MASTER 14

한태민 현대 판타지 장편소설

초판 1쇄 찍은 날 | 2019년 5월 23일
초판 1쇄 펴낸 날 | 2019년 5월 30일

지은이 | 한태민
펴낸이 | 예경원

기획 | 위시북스
편집책임 | 이규재
편집 | 위시북스

펴낸곳 | 예원북스
등록번호 | 제396-2012-000132호
등록일자 | 2012. 7. 25
KFN | 제1-402호

주소 | 경기도 고양시 일산동구 호수로 646-24 위너스21II빌딩 206A호 (우)10401
전화 | 031-819-9431 팩스 | 031-817-9432
E-mail | yewonbooks@naver.com

ISBN 979-11-6424-250-4 04810
979-11-6098-760-7 (set)

※ 이 도서의 국립중앙도서관 출판시도서목록(CIP)은 서지정보유통지원시스템 홈페이지(http://seoji.go.kr)와 국가자료공동목록시스템(http://www.nl.go.kr/kolisnet)에서 이용하실 수 있습니다.

채널마스터

14 CHANNEL MASTER

WISHBOOKS MODERN FANTASY STORY

한태민 현대 판타지 장편소설

Wish Books

채널마스터
CHANNEL MASTER

CONTENTS

CHAPTER 1

레스토랑은 송도에서 꽤 유명한 레스토랑이었다. 이곳의 헤드 쉐프가 직접 마중을 나왔다.

“어서 오십시오. 여러분을 모시게 되어서 영광입니다.”

깍듯이 그가 고개를 숙였다.

그리고 그는 「스피드 스타」 멤버들과 게스트 두 명을 테이블로 안내했다.

테이블 앞에는 수십 대의 카메라가 이미 세팅된 상태였다.

그가 멤버들을 보며 말했다.

“여러분은 미션을 수행하기 위해 이곳에 오셨다고 들었습니다.”

“예, 맞습니다.”

유태호가 고개를 끄덕였다.

"저희 레스토랑에서 내는 미션입니다."

그가 손가락을 튕기자 종업원들이 나타났다. 그들은 아름답게 빛나는 새하얀 접시가 놓여 있는 은쟁반을 갖고 들어오고 있었다.

그가 웃으며 입을 열었다.

"제가 심혈을 기울여 만든 요리입니다. 여러분이 하셔야 하는 건 이 요리를 맛보고 난 뒤 재료를 알아맞히는 겁니다."

"……네? 그게 가능해요?"

"말도 안 돼!"

멤버들이 다들 격하게 항의하고 나섰다. 그때 유태호가 뒤따라온 메인 피디를 보며 물었다.

"피디님, 이거 팀 미션이에요?"

"네? 아닙니다. 단체 미션입니다. 이번에는 다 같이 머리를 맞대서 고민하며 푸셔야 합니다."

이번에는 전체 미션이었다. 그들은 일단 자리를 잡고 앉았다. 그리고 은쟁반 안에 들어 있는 요리를 확인했다.

감탄이 절로 나올 만큼 아름다운 요리였다.

한수는 그것을 보며 눈에 이채를 드러냈다. 이곳 레스토랑의 이름은 피에르 가니에르였다.

프랑스의 유명한 쉐프 피에르 가니에르가 설립한 레스토랑으로 국내에는 중구에 서울점이 하나 있었다. 그리고 작년 송도에 새로 들어선 피에르 가니에르 2호점이 여기 자리 잡고 있었다.

그 대신 자리를 잡기 위해서 피에르 가니에르 1호점의 헤드 쉐프가 이곳 2호점으로 옮겨와서 영업 중이었다.

그런데 결정적으로 한수는 그 헤드 쉐프가 「퀴진 TV」에 나와서 요리하는 걸 본 적 있었다.

그리고 지금 그 헤드 쉐프가 만들어 내온 이 요리는 「퀴진 TV」에서도 소개한 적 있는 그의 시그니처 요리이기도 했다.

우연히 맞아떨어지긴 했지만 한수 입장에서는 호재나 다름없었다.

한수가 슬쩍 헤드 쉐프를 쳐다보며 물었다.

"우승재 헤드 쉐프님 맞으시죠?"

"……저를 아시나요?"

우승재 헤드 쉐프가 의아한 얼굴로 물었다.

물론 우승재 헤드 쉐프는 한수를 알고 있다. 그는 전 세계에 널리 이름이 알려진 슈퍼스타였기 때문이다.

반면에 자신은 그렇게 썩 유명하지 않았다.

물론 요식업계에서는 약간 유명세가 있긴 하지만 최형진 쉐프나 장혁수 쉐프에 비할 바는 아니었다.

그렇다 보니 강한수가 자신을 알고 있다는 것 더 신기하게 느껴질 수밖에 없었다.

우승재 헤드 쉐프가 당혹스러워할 때 한수가 웃으며 말했다.

"예전에 「퀴진 TV」에 나오신 적 있으시죠?"

"어? 어떻게 아세요?"

그가 눈을 휘둥그레 떴다. 그로서는 생각지도 못한 일이었을 것이다.

그가 「퀴진 TV」에 출연했던 건 꽤 오래 전 일이었다.

서울특별시 중구에 있는 피에르 가니에르 1호점에서 헤드 쉐프로 일하고 있을 때 일이었기 때문이다.

"제가 종종 「퀴진 TV」를 보면서 요리를 따라 만들거든요, 그때 텔레비전에서 본 기억이 있어서요."

"아…… 감사합니다."

우승재 헤드 쉐프가 고개를 꾸벅 숙였다.

그때 한수가 우승재 헤드 쉐프를 보며 물었다.

"이거 우승재 헤드 쉐프님 시그니처 요리 맞죠?"

"……예. 맞긴 맞는데……."

그리고 한수는 그 말을 끝으로 다시 요리를 맛보러 테이블로 향했다.

「스피드 스타」의 메인 피디 이름은 이형욱이었다.

그는 박석준 대표하고도 안면이 제법 있는 사이였고 그 덕분에 강한수가 영화 개봉을 앞두고 홍보 목적으로 예능 프로그램에 출연할 예정 중이라는 소식을 제일 먼저 접할 수 있었다.

그래서 그는 강한수를 가장 앞서 「스피드 스타」에 섭외했다.

그가 예능 피디들 사이에서는 마이더스의 손이라고 불릴 만큼 타고난 예능 실력을 발휘했기 때문이다.

일단 못 하는 게 없다 보니 「하루 세끼」나 「자급자족 in 정글」에서 훌륭한 모습을 보여줬던 게 사실이다.

「스피드 스타」에서는 어떤 모습을 보여줄지 그래서 더욱더 기대됐고 실제로 한수는 기대에 충족하는 모습을 여러 차례 보여줬다.

덕분에 분량이 적지 않게 뽑힐 것으로 기대 중이었다.

그리고 이어 찾아온 레스토랑.

평소 요리에 엄청 관심이 많을뿐더러 실제로 예능 프로그램에서도 여러 차례 출연하며 엄청난 요리 실력으로 사람들의 마음을 확 사로잡은 강한수였기 때문에 이번에는 어떤 모습을 보여줄지 기대되고 있었다.

그때였다.

우승재 헤드 쉐프가 슬쩍 이형욱 메인 피디가 다가왔다.

"한수 씨가 저를 알고 있네요."

"우린 애초에 이곳에 온다고 고지한 적도 없어요."

사실 그건 이형욱 피디 입장에서도 되게 신기한 일이었다.

설마 강한수가 이곳의 헤드 쉐프를 알고 있을 줄은 생각지도 못했기 때문이다.

하지만 그게 대세에 영향을 미칠 거라고 생각해 본 적은 없었다.

단체 미션을 해결하는데 꽤 오랜 시간이 걸릴 테고 그렇다 보면 저녁 무렵은 되어야 추격전을 할 수 있게 될 터였다.

어차피 이곳 레스토랑의 미션은 시간을 버는 목적도 있었다. 그러나 우승재 헤드 쉐프가 이형욱 메인 피디를 찾아온 건 다른 목적이 있어서였다.

"피디님, 이 요리 재료 알아맞히는 걸로 어느 정도 시간을 버시려는 거 맞죠?"

"예, 아무래도 그렇죠. 방송 분량을 뽑아야 하니까요. 만약 여기서 방송 분량 오래 못 뽑으면…… 음, 다른 방법으로 방송 분량 뽑을 걸 찾아보긴 해야 하거든요."

"흐음, 근데 요식업계에 도는 소문이 있는데."

"요식업계에요?"

이형욱 피디가 눈을 휘둥그레 떴다.

늘 이런 소문 같은 건 사람들의 호기심을 자극하기 마련이다.

유승재 헤드 쉐프가 고개를 끄덕이며 말했다.

"그게 아마 강한수 씨가 2018년이었나 그때 「하루 세끼」 촬영하셨었잖아요."

"예, 그랬죠."

2018년.

벌써 2년 전이다.

2017년 TBC에서는 「트루 라이즈」 시즌4를 야심 차게 기획해서 내보냈다가 처참하게 말아먹는 결과를 받아들였다.

그리고 그들은 새롭게 영입한 황석영 피디에게 전권을 위임했고 그는 TBC 임원들이 반대하는데도 불구하고 강한수를 데려와서 「하루 세끼」 촬영에 돌입했다.

윤환이 합류했기에 가능했던 일이었고 결과적으로 대박이 날 수 있었다.

그러면서 2018년은 강한수의 한 해였다.

그는 TBC에서 「하루 세끼」, 「무엇이든 만들어드려요」, 「싱 앤 트립」을 연달아 성공시키면서 최고의 한해를 만드는 데 성공했다.

물론 최고의 시청률을 기록했던 건 「내가 생존왕」이었지만 가장 많은 화제성을 낳았던 건 「싱 앤 트립」이었다.

「싱 앤 트립」은 국내보다 오히려 영국과 미국에서 더 많은 인기를 끌었다.

2018년 영국과 미국에서는 뉴 브릿팝의 등장과 더불어 한스 신드롬이 불어닥쳤을 정도였다.

유승재 헤드 쉐프가 말했다.

"그때 한수 씨가 여러 예능 프로그램에 나와서 만들었던 요리들요. 「하루 세끼」나 「쉐프의 비법」이나 「무엇이든 만들어드려요」 등에서 만든 요리들이 다른 쉐프의 요리들과 거의 흡사하다는 말이 많았어요. 물론 한수 씨가 만든 요리는 상대적으로 더 훌륭하긴 했지만요."

"흐음, 그렇다는 건…… 한수 씨가 다른 쉐프들의 아이디어를 도둑질했다는 건가요?"

"그럴 리가요. 이게 더 골때린 게 한수 씨가 그러려면 적어도 그 요리를 맛봐야 가능한 거잖아요."

"음, 그렇죠?"

"근데 한수 씨는 그 요리를 맛보지도 않고 똑같이 만들어냈었어요. 그게 더 신기한 일인 거죠."

"……그게 가능한 일입니까?"

"가능했다면 제가 말하지 않았겠죠? 어쨌든 그것 때문에 한수 씨가 다른 쉐프들의 요리를 복사해서 만들어낸다는 말은 없어졌지만…… 여전히 그건 미스테리로 남아 있긴 하죠."

"흠, 그것참 대박이네요. 서프라이즈에 내보내도 되겠는데요?"

우승재 헤드 쉐프가 멋쩍게 웃었다.

그러자 이형욱 메인 피디가 그를 보며 물었다.

"그렇다는 건 우승재 헤드 쉐프가 만든 저 요리도 어떻게 만들었는지 다 알 수 있다는 건가요?"

"어쩌면 그럴 수도 있어요. 제가 볼 때는 한수 씨 눈이 특별한 것 같아요."

"눈이요?"

"예, 뭐랄까. 맛보지도 않고 어떻게 조리해내는지 안다는 것 자체가 말이 안 되는 일이니까요."

그건 우승재 헤드 쉐프의 의견이 맞았다. 맛보지도 않고 조리할 수는 없는 일이었다. 그런데 한수는 그걸 가능케 만들었다고 했다.

그는 시선을 돌렸다. 출연자들은 한창 우승재 헤드 쉐프가 내온 요리를 신중하게 맛보고 있었다.

이번 미션은 우승재 헤드 쉐프가 내온 요리에 들어간 재료 가운데 열다섯 개를 맞춰야만 했다.

기본적인 조미료나 요리의 메인 재료 같은 경우 손쉽게 알아맞힐 수 있지만, 문제는 그걸 뺀 나머지 재료들을 어떻게 맞추느냐 하는 것이었다.

그게 가장 까다로운 문제였다. 우승재 헤드 쉐프는 걱정스러운 얼굴로 한수를 쳐다봤다.

아무래도 그가 마음에 걸렸다. 실제로 많은 요리사가 종종 모일 때마다 늘 많이 하던 이야기가 한수에 대해서다.

그가 축구 선수가 된 뒤 그에 대한 이야기는 꽤 많이 줄어들었지만 그 이전까지만 해도 한수는 진짜 단골 소재였다.

모든 요리사가 궁금해한 건 어떻게 해서 다른 쉐프들이 만들어낸 요리를 그렇게 손쉽게 똑같게 해서 만들어낼 수 있느냐 하는 점이었다.

정말 그것은 마술이나 다름없었기 때문이다.

'만약 저 요리 재료까지 맞힌다면…….'

우승재 헤드 쉐프는 침을 꿀꺽 삼켰다.

그렇게 되면 요식업계가 또 한 번 시끌벅적해질 게 분명했다.

실제로 한수한테 절대 미각이 있는 게 아니냐는 일부의 의견도 있었다.

물론 한수가 맛보지도 않고 만들어냈기 때문에 그 의견은 쏙 사라졌지만.

그러나 그와 비슷한 특별한 능력을 갖고 있을지도 모를 일이었다.

사람 중 일부는 몇몇 특별한 인간, 이를테면 초능력자들이 평범한 사람들 사이에 섞여서 살아간다고 생각하기 때문이다.

이형욱 메인 피디가 출연자들을 보며 입을 열었다.

다들 끙끙 앓고 있는 게 온종일 시간을 줘도 이번 미션을 못 깰 것 같다는 생각에서였다.

"정 어려우시면 힌트라도 드릴까요?"

그때였다. 출연자들이 서로를 보며 눈빛을 보냈다. 그리고 유태호가 메인 피디를 보며 물었다.

"피디님, 만약 이거 한 번에 맞히면 어떻게 되죠?"

"네? 이걸 한 번에 맞추신다고요?"

이형욱 피디가 어처구니없는 표정으로 유태호를 바라봤다.

유태호는 이렇게 허풍 섞인 말을 내뱉을 사람이 아니었다.

그런데도 그가 이런 말을 한다는 건 무언가 믿는 구석이 있다는 것이었다.

이형욱 피디가 선심 쓴다는 듯 말했다.

"좋습니다. 그러면 이따 저녁 촬영 전까지 여러분에게 충분히 쉴 수 있는 시간을 부여하겠습니다."

"분량이 부족하면 어떻게 하시려고요?"

"그건 뭐 저희가 채워야죠."

다른 피디들이 이형욱 피디에게 달려왔다.

아까 전 서현을 몰래카메라 한 것 때문에 약간의 여유가 있긴 했지만 이번 레스토랑 미션이 짧게 끝나버리면 2주 치 분량을 뽑기 부족해질 게 분명했다.

그렇게 되면 어떻게든 분량을 긁어모아야 하는데 그건 피디들의 몫이었다. 그리고 야근에 시달리는 건 무조건 사절이었다.

그러나 이형욱 피디는 자신 있었다.

단 한 번에 이 모든 걸 맞힌다는 건 불가능한 일이었다.

이것은 이 요리의 레시피를 만든 우승재 헤드 셰프 본인이 아닌 이상에는 맞출 수 없다고 봐야 했다.

“자신 있으세요?”

그때 유태호가 입가를 실룩거렸다.

“한수야! 네 차례다!”

그리고 한수가 나섰다.

이형욱 피디가 고개를 갸웃거렸다.

‘진짜 뭔가 믿는 게 있나?’

그리고 한수가 웃으며 입을 떼었다.

그에게는 채널 마스터를 통해 얻은 「퀴진 TV」의 경험이 있었고 개중에는 우승재 헤드 셰프의 경험과 레시피도 포함되어 있었다.

지금은 한수가 곧 우승재 헤드 셰프라고 봐야 했다.

한수가 방금 내온 요리의 재료를 하나씩 맞추기 시작했다.

동시에 우승재 헤드 셰프가 몸을 부르르 떨었다. 도시 괴담과도 같던 전설은 허구가 아니었다.

분명히 실존하고 있었다.

카메라 감독은 한수를 클로즈업했다. 그리고 그는 한수를 클로즈업하는 한편 우승재 헤드 셰프를 바라봤다.

우승재 헤드 셰프는 입을 쩍 벌린 채 한수를 쳐다보고 있었다.

“크, 그림 완전 죽이네.”

"미친. 저게 말이 돼?"

이형욱 메인 피디는 어처구니없는 얼굴로 한수를 바라봤다.

그가 요식업계에서 유명하다는 건 그도 소문으로 들어 알고 있었다.

우승재 헤드 쉐프가 오늘 이야기를 꺼냈을 때 생각보다 훨씬 더 강한수가 요식업계에서 유명하구나, 하는 생각을 하긴 했지만 그렇다고 해서 강한수가 진짜 엄청난 쉐프일 거라는 생각은 하지 않았다.

어쨌든 그가 출연했던 프로그램은 대부분 예능 프로그램이었고 어느 정도 연출은 들어가 있다고 봐야 했다.

하지만 오늘 강한수가 보여주는 모습은 요식업계를 전혀 모르는 사람일지도 경악할 수밖에 없는 것이었다.

저 요리에 들어간 재료를 전부 다 알아맞힌다는 건 있을 수 없는 일이었으니까.

요리사 본인이 아니고서야 애초에 알아맞힌다는 것 자체가 신기한 일이었다.

하지만 한수는 멤버들이 맞춘 기본적인 조미료나 겉으로 보이는 재료를 제외한 나머지 재료들을 모두 다 맞추는 데 성공했다.

「스피드 스타」 점심 미션 중에서 오늘이 역대 최단시간에 끝내버린 미션이라 할 수 있었다.

한수가 모든 재료를 맞췄을 때 우승재 헤드 쉐프가 허탈한 얼굴로 말했다.

"하하, 저, 정답입니다. 그럼 한수 씨는 이 요리를 똑같이 재현해 내실 수 있으신가요?"

어려운 일은 아니었다.

단 1%의 오차도 없이 똑같게 만들어내는 것도 가능했다.

하지만 한수는 손사래를 치며 말했다.

"그건 어렵습니다. 재료만 맞힌 거지 배합은 어떤지 이런 건 하나도 모르는걸요."

"그래도 그동안 한수 씨가 만든 요리들 생각하면 제 것도 충분히 만드실 수 있을 거 같은데……."

여전히 우승재 헤드 쉐프는 의구심을 감추지 못했다.

그동안 한수가 보여준 기적에 가까운 모습 때문이었다. 그러나 한수는 연거푸 사양했다.

절대 미각은 사람들 대부분 짐작은 하고 있는 것이니 드러내도 크게 문제 될 건 없었다.

하지만 여기서 우승재 헤드 쉐프가 만든 이 시그니처 요리를 그대로 똑같이 재현해 낸다면 사람들의 의혹을 살 게 분명했다.

가뜩이나 얼마 전 납치까지 당할 뻔했는데 그걸 생각해 본다면 최대한 주의를 기울이는 게 맞았다.

그렇게 점심 식사 미션이 끝났다.

출연자들 모두 다음 촬영을 위해 바쁘게 움직여야 했겠지만 유태호가 메인 피디인 이형욱을 상대로 내기를 건 게 있었다.

저녁 촬영 전까지는 출연자들이 무엇을 하든 신경 쓰지 않고 휴식을 주겠다는 것이었다.

결국 피디들과 스태프들끼리 단체회의가 이어졌다.

그들이 뭘 하든 말든 출연자들끼리는 시시덕거리며 웃음꽃을 피우고 있었다. 그렇게 점심 식사가 끝난 뒤 유태호가 출연자들을 보며 물었다.

"한 세 시간 정도 시간 빌 텐데 다들 뭐할래?"

"사우나 가서 푹 땀 좀 빼다가 올까?"

이석준이 실실 웃었다.

"형, 무슨 사우나에요. 사우나는. 그래도 땡기긴 하네. 하하. 방송 도중에 이렇게 쉬는 게 얼마 만이야. 편집이야 피디님이 알아서 해주신다고 했으니까 신경 쓸 것도 없고. 캬, 좋네."

그때 김태군이 말했다.

"차라리 운동이나 조금 하다 오는 건 어때요?"

"너 따라서 운동 갔다가 나 죽으라고?"

"……에이, 형 요새 운동 또 너무 안 하는 거 아니에요?"

"야! 그건 아니지."

어디를 가서 무엇을 해야 할지 고민하던 그들을 보며 하형진이 슬그머니 말했다.

"차라리 피시방 가는 건 어때요?"

"응? 피시방?"

다들 그 말에 귀를 기울였다. 하형진이 고개를 끄덕였다.

"예. 게임이나 하러 가죠."

그들 모두 다 합쳐서 아홉 명이다. 게임을 썩 즐기지 않는 송지혜와 서현을 제외하면 일곱 명이 게임을 할 수 있다.

김태군이나 이석준, 이들 두 명은 주로 하는 게임이 유니버스 크래프트이지만 나머지 다섯 명은 히어로즈 오브 레전드를 틈틈이 하고 있다.

하형진이 한수를 가리키며 말했다.

"그리고 한수는 챌린저 1위라고요. 5인 팀 게임이나 하죠."

한수가 고개를 저었다.

"저 지금은 챌린저 1위 아니에요. 그동안 안 한 지 좀 돼서 랭킹이 많이 떨어졌어요."

"어? 그럼 몇 위인데?"

유태호가 조심스럽게 물었다. 한수가 멋쩍게 웃으며 대답했다.

"7위더라고요."

"……."

다들 고개를 절레절레 저었다.

히어로즈 오브 레전드를 잘 모르는 송지혜와 서현은 고개를 갸우뚱하고 있었다.

결국 PC방에 놀러 가자는 하형진의 의견을 다들 받아들이게 됐다.

그때까지 계속해서 대책회의 중이던 스태프들은 출연자들이 PC방에 가기로 했다는 소리를 듣고 살았다는 얼굴이 되었다.

이 사달을 일으킨 주범인 메인 피디 이형욱이 총대를 메고 나섰다.

그가 출연자들에게 다가가서 말했다.

"저 태호 씨, 잠깐 대화 좀 할 수 있을까요?"

「스피드 스타」에서 가장 발언권이 강한 MC를 꼽으라면 단연 유태호다.

가장 나이 많은 연장자는 이석준이지만 「스피드 스타」를 실질적으로 이끌고 나가는 건 유태호였다.

유태호가 눈살을 찌푸렸다.

"저기요. 이형욱 피디님. 또 무슨 수작을 부리려는 건지 모르겠는데 이번에는 양보 없습니다. 이형욱 피디님이 먼저 제안하신 거였고 그런 만큼 저희는 무조건 쉴 겁니다."

"오해가 있으신 것 같은데 다른 멤버들 있는 이 자리에서 이야기 드리죠. 방금 이야기 들으니까 형진 씨 의견대로 피시방 가려고 하시나 본데 맞죠?"

"예. 그러려고요. 근데 왜요?"

"그러면 같이 게임하시는 거 촬영할 수 있을까요?"

"……게임하는 걸요?"

"예."

"흠, 잠시만요. 다들 이야기 좀 나눠보고요."

유태호는 득의양양해 하며 연신 웃음을 실룩거렸다.

제대로 제작진의 약점을 잡았다.

아마도 그들은 방송 분량이 부족한 것 때문에 이렇게 매달리고 있는 게 틀림없었다.

그렇다면 그걸 역이용하는 게 최고의 묘수가 되어줄 터였다.

유태호가 머리를 맞대고 의견을 나눴다.

잠시 뒤, 결정이 났다.

유태호가 이형욱 피디를 보며 요구했다.

"좋아요. 촬영은 문제없어요."

"휴."

이형욱 피디가 안도의 한숨을 내쉬려 할 때였다.

유태호가 손가락을 절레절레 저었다.

"안심하기엔 이르죠."

"……그러면."

"사실상 쉬는 시간에 일하는 거나 다름없잖아요. 그런 만큼 저희한테 혜택을 주셔야겠죠?"

"혜택이라고 하시면……."

"뭐든 좋아요."

"하."

이형욱 피디가 눈살을 찌푸렸다.

예상했지만 이렇게 턱 하고 숨이 막히는 건 오랜만이었다.

이형욱 피디가 결정을 내렸다.

"좋아요. 그러면 다다음 주 촬영은 촬영 시간 한 시간 늦춰 드릴게요."

"콜!"

유태호는 단번에 오케이를 외쳤다.

그리고 협상이 타결됐다.

그들 모두 단체로 근처에 있는 PC방으로 향했다.

이미 그들이 PC방에 간다고 하자마자 스태프들은 근처에 있는 PC방 하나를 섭외하고 촬영 준비를 위해 카메라를 설치 중에 있었다.

그렇게 그들이 PC방에 도착했을 때 이미 방송 세팅은 완성이 된 상태였다.

연예인이 도착하자 이미 어느 정도 사정을 들어 알고 있던 손님들도 놀란 듯 왁자지껄해졌다. 카메라를 설치할 때만 해도 혹시나 했었는데 진짜 이렇게 촬영하러 올 줄은 예상하지 못한 일이었다.

송지혜와 서현이 따로 자리에 앉은 뒤 나머지 일곱 명은 다섯 명과 두 명, 이렇게 나뉘어서 자리를 잡고 앉았다.

"게임 뭐 할까요?"

"일단 히어로즈 오브 레전드나 몇 판 땡기자."

"저는 석준 형하고 유니버스나 할게요. 석준 형, 일 대 일 콜?"

"그래. 우린 유니버스나 하자."

따로 앉아 있던 이석준과 김태군은 유니버스 크래프트 리마스터에 접속했다.

그들은 내버려 둔 채 남은 다섯 명은 히어로즈 오브 레전드에 접속했다. 그리고 그들 넷은 곧장 한수에게 친구추가를 해왔다.

한수의 친구목록은 대단히 깔끔했다.

특이사항이 있다면 프로게이머 몇몇이 친구 등록이 되어 있다는 것 정도였고 개중에는 국내 최고의 히어로즈 오브 레전드 프로게이머라고 할 수 있는 엠페러 이신혁 선수도 있었다.

한수가 접속하자 엠페러 이신혁이 대화를 걸어왔다.

다들 눈을 동그랗게 뜬 채 화면을 쳐다봤다.

-되게 오랜만이시네요.

-아, 이신혁 선수. 반가워요.

-네, 한 게임 같이하실래요?

평소 듀오는 웬만해서는 안 하는 이신혁이다. 그런 그가 선뜻 먼저 듀오를 제안한 것이다.

한수가 어색하게 타이핑을 쳤다.

-둘 다 미드라이너인데 듀오를 어떻게 해요?

-제가 서포터를 서겠습니다. 강한수 님이 미드에 서주세요.

-하하.

엠페러 이신혁은 미드라이너로 진짜 최고의 모습을 보여주지만 서포터로 그가 보여주는 모습은 최악에 가까웠다.

그것을 생각해 보면 차라리 자신이 서포터로 뛰는 게 더 나을지도 몰랐다.

-죄송해요. 제가 지금 방송 촬영 중이어서요.

-아, 아쉽네요. 그럼 다음에 또 뵙겠습니다.

-네, 들어가세요.

한수는 채팅을 끝냈다.

그러자마자 유태호가 한수를 보며 물었다.

"방금 엠페러 맞지? 이신혁 선수!"

"예. 맞아요."

"대박."

"예전에 이벤트 매치한 것 때문에 알고 지내고 있어요. 완전 바른 청년이 따로 없을 정도예요."

"그런 거 같더라."

"그럼 바로 게임 들어갈까요? 노멀로 할 거죠?"

다른 멤버들도 고개를 끄덕였다. 그리고 그들은 곧장 노멀로 방을 판 다음 게임을 돌리기 시작했다.

히어로즈 오브 레전드를 한수와 함께 플레이하며 다들 깨달은 건 한수가 진짜 잘한다는 것이었다.

일단 미드 라인에서 아예 박살을 내고 시작하다 보니 게임이 너무 손쉽게 풀리고 있었다.

그렇다 보니 오히려 경기 양상이 지루해질 때도 있었다.

그야말로 완전무결한 플레이였다.

차라리 '상대 미드라이너가 이신혁이었으면 어땠을까'라는 생각마저 들게 할 정도였다.

유태호가 한수를 살살 구슬렸다.

나머지 네 명은 후배 개그맨들을 불러모아 볼 생각이었다.

그러나 이신혁은 팀 스크림 중이었다.

못해도 한 시간은 더 걸릴 거라는 게 그의 이야기였다.

이제 남은 휴식 시간은 두 시간 남짓. 시간이 아슬아슬했다.

계속 히어로즈 오브 레전드를 할지 아니면 다른 게임을 할지 고민하기 시작했다.

다른 게임을 하다가 이신혁을 초대해서 함께 게임하는 것도 나쁘지 않을 듯했다.

그렇게 무슨 게임을 할지 고민하던 그때 평소 게임을 다양하게 즐기고 있는 하형진이 입을 열었다.

"그러면 우리 로얄 배틀은 어때요?"

"로얄 배틀?"

히어로즈 오브 레전드 이후 국내에서 폭발적인 인기를 끌기 시작한 MMO 슈팅 게임이다.

로얄 배틀은 최대 5명까지 스쿼드를 이루어 할 수 있는데 팀원 간의 유기적인 플레이가 무엇보다 중요하다.

다들 고개를 끄덕였다.

그러나 한수는 로얄 배틀은 해보기는커녕 아이디도 없는 상태.

하형진이 한숨을 내쉬었다.

그리고 한수가 아이디를 새로 생성한 뒤 곧장 게임에 접속했다.

그런 뒤, 그들은 「스피드 스타」라는 이름으로 뭉쳐 본격적으로 로얄 배틀을 즐기기 시작했다.

로얄 배틀의 목적은 단 하나, 생존이다.

모두 백 명이 전장에 투입되는데 최후까지 살아남는 게 로얄 배틀의 목적이라고 할 수 있다.

그들 다섯 명은 한 팀이 되어 낙하산을 타고 전장 한복판에 도착했다.

아직 한수는 키 사용도 익숙하지 않은 상태였다.

한수가 조작법에 익숙해지는 동안 다른 멤버들은 비어 있는 집을 돌아다니면서 파밍을 하기 시작했다.

여기서 파밍이란 배낭이나 헬멧, 총기류 등을 확보하는 행동을 뜻하는 것으로 생존을 위해서는 필수적이었다.

"야, 여기 자동차 찾았다."

"여기 오토바이도 있어요."

그들은 신이 난 목소리로 떠들었다. 그리고 하나둘 소총이나 구급상자, 배낭 등을 찾아내서 착용하기 시작했다.

뒤늦게 조작법에 익숙해진 한수도 본격적으로 캐릭터를 옮겨가며 아이템을 파밍했다. 그리고 빈 집에 들어섰을 때 그는 저격총 하나를 확보할 수 있었다.

유태호가 슬쩍 한수 인벤토리를 확인하고는 웃으며 말했다.

"오, 괜찮네. 저격총은 써본 적 있어?"

한수가 머리를 긁적였다.

사실 어렸을 때부터 한수는 FPS 게임하고는 거리가 멀었다.

게다가 「OZN」 채널에서는 로얄 배틀을 중계한 적이 없었고 그래서 한수는 로얄 배틀에 대해 잘 모르고 있었다.

물론 지금이라도 로얄 배틀에 대한 정보를 긁어모으는 건 가능한 일이었다. 어차피 한수는 YOUTUBE 채널을 확보하고 있었기 때문이다.

하지만 딱히 그럴 필요는 없을 것 같았다.

그는 저격총을 쥔 채 캐릭터를 움직였다. 이제부터 본격적으로 게임에 푹 빠져들 시간이었다.

한수는 게임에 몰입하기 시작했다.

동시에 그는 마우스로 캐릭터를 움직이는 게 아니라 마치 게임 속 세상에 들어와서 게임하는 것 같은 느낌을 받을 수 있었다.

한수는 로얄 배틀 속 세계로 들어온 뒤 왠지 모르게 다시 현역 시절로 돌아온 듯한 느낌을 받았다.

군장을 하고 포복 자세로 주변을 돌아보는 게 꼭 벌서는 느낌이었다.

그것도 잠시 한수는 천천히 전장 주변을 둘러봤다. 그리고 그는 이내 무언가 움직이는 걸 볼 수 있었다.

처음에는 잘못 본 건지 알았지만 자신이 제대로 본 게 분명했다.

그는 곧장 저격총을 들어 올렸다. 그리고 스코프로 자신이 아까 본 지점을 재차 확인했다.

그곳에서 한 캐릭터가 빈집을 털며 움직이고 있었다. 그들 역시 5인으로 이루어진 스쿼드였다.

한수가 재빨리 말했다.

"북쪽 방향에 5명 모여 있어요. 아직 우리를 발견하진 못한 거 같아요."

"어? 진짜?"

오늘 처음 로얄 배틀을 시작한 한수 말에 다들 당황해하다가 북쪽을 확인했다.

하형진이 침을 꿀꺽 삼키며 말했다.

"어? 진짜인데? 지금 파밍 중인가 봐."

"제가 한 명 잡아볼게요."

한수가 노린 건 자동차 인근에 있는 플레이어였다.

그가 신중하게 저격총 방아쇠를 당겼다.

타앙-

탄알 한 발이 바람을 찢어발기며 단숨에 자동차 주변을 어슬렁거리던 플레이어 한 명의 머리를 관통했다.

단 한 번에 킬을 따내는 데 성공한 것이었다. 다들 감탄을 토해냈다.

"와, 뭐야?"

"방금 봤어요? 한 번에 저격 성공하는 거?"

그러나 한수는 이내 바로 다음 타깃으로 총구를 돌렸다.

상대들도 누군가 자신을 저격한다는 걸 알게 된 듯 급격히 당황해하고 있었다.

그중 두 명은 엄폐를 찾아 몸을 숨겼고 나머지 두 명도 급히 엄폐물로 도망치는 중이었다.

"두 명은 저 큰 나무 뒤하고 창틀 뒤에 숨었고 나머지 둘은 엄폐물 찾는 중이에요. 우리 위치는 발각된 거 같아요. 다들 조심해요."

한수는 말을 하는 한편 다시 한번 저격총 방아쇠를 당겼다.

또 한 발이 불을 뿜었다. 그리고 엄폐물을 찾아 헤매고 있던 플레이어 한 명의 머리를 다시 한번 관통하는 데 성공했다.

2킬.

다들 어처구니없는 얼굴로 한수를 쳐다봤다.

그러나 나머지 셋은 이미 엄폐물로 숨은 뒤였다.

그래도 3 대 5로 상황은 「스피드 스타」 팀에 한결 유리했다.

동시에 하형진과 유태호, 두 사람이 팀을 이뤄서 상대팀에 가깝게 접근하기 시작했다.

한수는 허름한 빈집 2층에서 저격총을 든 채 그들을 커버하고 나섰다.

그렇게 완벽한 상태에서 그들은 깔끔하게 남은 세 명도 전멸시킬 수 있었다.

하지만 이게 가능했던 건 어디까지나 한수가 스나이핑으로 두 명을 미리 끊는 데 성공했기 때문이다.

그 뒤로도 계속 플레이가 이어졌다.

그리고 한수는 소총과 저격총을 적절히 활용하며 계속해서 킬 수를 꾸준히 쌓았다.

그러면서 게임이 중후반에 이르렀을 때 한수는 벌써 19킬을 기록하고 있었다.

가만히 게임 중이던 하형진이 옆에 앉아 있는 유태호를 보다가 슬그머니 귓속말로 물었다.

"형, 재 진짜 무섭지 않아요?"

"응? 왜?"

"아니, 분명 로열 배틀 한 번도 안 한 거 맞잖아요. 아이디도 없고. 그런데 뭔 놈이……."

"하긴. 대박이긴 하지."

유태호도 고개를 끄덕였다.

처음 하는 것 치고는 무슨 특전사 빰칠 만큼 엄청난 플레이를 계속해서 보여주고 있었다.

폴 그린그래스 감독의 신작 영화가 이런 분위기라고 들었는데 한수의 로열 배틀 실력이 현실에서도 반영될 수만 있다면 이번 폴 그린그래스 감독의 영화에서 충분히 좋은 모습을 보여줄 것이라고 기대되었다.

그리고 결국 한수는 22킬을 기록하며 최다 킬을 달성했고 그들 스쿼드는 첫 게임에서 1위를 거머쥘 수 있었다.

로열 배틀이 끝난 뒤 하형진이 한수를 보며 물었다.

"야, 너 진짜 로열 배틀 처음 하는 거 맞아?"

"예. 진짜 처음이에요."

"미친. 아니, 처음 한다는 녀석이 뭘 그렇게 잘하냐? 솔직히 까놓고 말해서 거짓말 아니야?"

"……제가 형이에요? 거짓말을 왜 해요?"

"진짜 미쳤다. 와. 처음 한다는 녀석이 무슨 에임을 그렇게 잘 맞히냐고!"

"하하, 그냥 보이던데요?"

"……너 우리 스쿼드에 들어오지 않을래?"

"예? 「스피드 스타」 스쿼드 말하시는 거예요?"

하형진이 고개를 저었다.

"아니, 그거 말고. 연예인끼리 모여서 하는 로열 배틀 정식 스쿼드 있어. 다음 달에 아마추어 대회에도 나갈 거고. 어때?"

"……죄송해요. 다음 달부터는 제가 할리우드 영화 촬영 때문에 한동안 바쁠 거라서. 그리고 딱히 흥미 있는 게임은 아니네요."

"뭐? 왜?"

한수가 그 말에 머쓱하게 웃었다.

차마 다시 입대해서 완전군장하고 모의전쟁을 치르는 것 같다고 말할 수는 없는 노릇이었다.

「스피드 스타」 스태프들의 표정이 한결 밝아졌다.

모자른 방송 분량을 어떻게 채워야 할지 걱정이 많았는데 불행 중 다행으로 PC방에서의 에피소드를 갖고 방송 분량을 메울 수 있게 됐기 때문이다.

이형욱 피디가 다른 피디를 보며 물었다.

"어때? 편집은 문제없겠지?"

"예, 선배님. PC방 에피소드만 따로 빼내서 쓰고 싶을 정도에요."

그가 감탄을 토해냈다.

역시 가장 압권인 장면은 처음 한수가 저격총을 갖고 엄청 멀리 떨어져 있는 상대 플레이어 두 명을 저격했던 것이었다.

점점 더 게임이 인기를 끌면서 최근 예능 프로그램에서 게임하는 장면이 에피소드 중 하나로 쓰이는 경우가 잦았다.

그리고 방금 전 한수가 보여준 명장면이야말로 최고의 에피소드 중 하나로 손꼽기에 충분한 것이었다.

예고편으로 만들어도 이래저래 도움이 되어줄 터였다.

메인작가가 이형욱 피디를 보며 말했다.

"왜 방송가에서 마이더스의 손, 마이더스의 손 이러는지 알겠네요. 와, 이 정도면 누구라도 무조건 섭외하고 싶어질 만한데요?"

"그러니까요. 그래서 예전에 영식 형이 강한수 놓치고 깡소주를 몇 병이나 마셔댔는데요. 제가 그때 술 상무 노릇 하느라 진짜 죽는 줄 알았다니까요?"

이형욱 피디가 혀를 내둘렀다.

「자급자족 in 정글」의 메인 피디 박영식.

그에게 한수는 최고의 예능 유망주였다. 그래서 배우 정수아 사건으로 폭풍우에 휘말렸는데도 불구하고 그를 끝까지 놓치지 않은 것이기도 했다.

그 덕분에 「자급자족 in 정글」은 순풍에 돛을 단 배처럼 순항할 수 있었고 다시 한번 전성기를 구가할 수 있었다.

하지만 한수가 축구 선수가 되겠다고 하면서 예능 프로그램에서 전부 다 하차한 것 때문에 일이 꼬여 버렸고 여기에 팀의 든든한 기둥이었던 장철만이 허리 부상으로 1년 넘게 쉬면서 「자급자족 in 정글」은 여전히 IBC의 간판 프로그램이긴 했지만 시청률은 크게 떨어진 상태였다.

박영식 피디는 「자급자족 in 정글」이 쇠락하게 된 이유로 세 가지를 꼽았는데 그게 바로 배우 정수아, 강한수 그리고 장철만의 공백이었다.

어쨌든 이형욱 피디가 볼 때 한수는 그야말로 매번 예능 프로그램에 출연할 때마다 화제를 불러일으키는 최고의 예능인이었다.

그렇다 보니 그가 저렇게 인기를 끄는구나, 하는 생각을 할 수밖에 없었다.

PC방에서의 촬영이 끝난 뒤 그들은 곧장 NC CUBE로 이동했다.

오늘 추격전이 펼쳐질 장소는 이곳이었다.

저녁 늦은 시간이었고 이미 촬영 허가를 받아둔 상태인 데다가 협조를 구해둔 덕분에 NC CUBE 안은 조용하기만 했다.

그들은 각자 등에 이름판을 붙였다.

한수 팀은 이름판 위에 또 다른 이름판을 덧붙여 두 장이었지만 서현 팀은 이름판이 한 장뿐이었다.

이제 남은 건 이들 아홉 명이 추격전을 벌이면서 등에 붙어 있는 이름판을 떼어내는 것이었다. 그리고 「스피드 스타」 멤버들이 따로 모였다.

그들이 따로 모인 이유는 다른 게 아니었다.

어쨌든 개인전이긴 하지만 엄밀히 말해서 「스피드 스타」 멤버들과 게스트들 간의 대결이기도 했다. 그리고 그들은 강한수의 운동능력을 걱정스럽게 생각 중이었다.

그가 프리미어리그에서 단 1년 뛰면서 이뤄낸 성과는 엄청난 것이었다.

실제로 지금도 여러 축구팀에서 지속적으로 그를 영입하려 하고 있었다.

그것을 생각해 보면 한수는 육식동물을 잡아먹는 최상위 포식자나 다름없었다.

그렇기 때문에 이들 「스피드 스타」 멤버들끼리 뭉쳐서 따로 작전회의를 가지고 있는 것이었다.

한수가 너무 강력한 까닭에 그를 견제하고자 함이었다.

하형진이 얍삽한 표정으로 물었다.

"진짜 한수 만나면 다굴하게요?"

"인마. 너는 단어 선택이 왜 그렇게 구려. 이건 다굴이 아니야. 어디까지나 전략적인 선택이라고."

"음, 이건 태호 형 말에 공감. 근데 별수 있냐? 안 그러면 우리가 죄다 죽을걸?"

송지혜가 조심스럽게 물었다.

"……어쨌든 한수 만나면 다 함께 힘 합치는 거다. 맞지?"

하형진이 재빠르게 고개를 끄덕였다.

"응. 물론이지."

그러자 다른 멤버들이 눈매를 좁혔다. 사실 그들이 가장 믿을 수 없는 멤버가 있다면 그건 하형진이었다.

그는 늘 그들의 뒤통수를 치곤 했기 때문이다.

어쩌면 그에게 따로 특별한 비밀 임무가 주어져 있는 것일지도 몰랐다.

그런 것도 다 생각을 해놔야 했다. 안 그랬다가 뒤통수를 맞기라도 하면? 그것만큼 끔찍한 일도 없을 터였다.

그래도 일단 다 같은 「스피드 스타」 멤버들이었다.

그들은 힘을 모으기로 마음먹었다. 그리고 개인전이지만 마치 2 대 7 같은 「스피드 스타」의 꽃, 추격전이 시작되었다.

CHAPTER 2

「스피드 스타」 멤버들이 한수를 잡아먹기 위해 만반의 준비를 갖추고 있을 때였다.

한수와 서현, 두 사람은 대기실에서 다른 멤버들이 들어오길 기다리고 있었다.

하지만 좀처럼 「스피드 스타」 멤버들이 보이질 않았다.

"왜 다들 안 들어오지?"

"아무래도 나 때문이겠지?"

"……응? 네가 왜?"

한수가 웃으며 말했다.

"아무래도 내가 전직 축구 선수였잖아. 그러니까 날 상대하는 게 부담스럽다는 거겠지. 어쩌면 단체로 날 협공할 수도 있을 테고.”

“어? 진짜?”

“응, 어쨌든 게스트 대 「스피드 스타」 멤버들의 대결이라고도 볼 수 있으니까. 개인전이긴 해도.”

“흐음.”

어쩌면 시청자들도 한수가 한 번쯤 패배하고 분노를 삼키는 모습을 보고 싶어 할지도 몰랐다.

여태껏 한수는 단 한 번도 실패를 겪지 않았으니까.

그 모습에서 대리만족을 느끼는 것이겠지만 반면에 그게 너무 많은 피로감을 쌓을 수도 있는 것이었다.

그러는 사이 「스피드 스타」 멤버들이 하나둘 들어왔다.

그들은 서로 눈빛을 주고받더니 한수에게 다가갔다.

“한수야, 우리 살살 하자. 알지?”

“응. 그러니까. 살살 하는 거 잊지 말자.”

“그럼요. 그런데 혹시 단체로 저 공격하거나 그러진 않겠죠?”

표정을 숨기지 못하는 하형진과 유태호가 찔끔거렸다. 그러나 송지혜와 이현수는 배우였다.

두 사람은 천연덕스러운 얼굴로 고개를 절레절레 저어 보였다.

카메라 감독마저 감탄할 정도로 두 사람의 대응은 완벽, 그 자체였다.

그때 스피커에서 소리가 울려 퍼졌다.

"1번 이석준, 이석준 씨 입장하십시오."

"뭐야, 왜 또 내가 1번인데?"

이석준이 투덜거렸다. 그와 배우 이현수는 「스피드 스타」에서 최약체라고 볼 수 있었다.

그렇다 보니 가급적 나중에 나오는 게 나았는데 시작부터 1번으로 나가게 되어버린 셈이었다.

이석준이 먼저 NC CUBE에 들어섰다.

사람도 없이 조용한 NC CUBE를 둘러보며 이석준이 탄성을 흘렸다.

양쪽으로 상가가 늘어서 있고 그 가운데로 커낼이라 불리는 수로가 흐르고 있었다.

커낼워크라고 불리는 이곳 NC CUBE는 유럽형 쇼핑 스트리트였다. 중앙 수로를 따라 양옆에 340여 개의 매장이 들어서 있었다.

그는 비어 있는 몇몇 매장 안을 둘러보며 룰루랄라 콧노래를 불렀다.

그러나 여유를 부릴 수 있는 건 채 몇 분도 되지 않았다.

그가 입장하고 얼마 지나지 않아 사이렌 소리가 울리기 시작했다.

위이이이이이잉-

그리고 날카로운 여자 목소리가 울렸다.

"2번 송지혜, 송지혜 씨 입장하십시오."

이석준이 눈을 휘둥그레 떴다.

송지혜는 여배우의 탈을 쓴 괴력녀였다. 「스피드 스타」 멤버 중에서 그녀를 맞상대할 수 있는 건 김태균뿐이었다.

그런 그녀가 2번으로 나온다는 건 자신이 가장 위험하다는 의미였다.

강한수를 잡기 전까지는 일시적 동맹 체제였지만 그 동맹 체제가 언제 깨질지 알 수 없는 일이었다.

그는 하는 수 없이 빈 매장 안으로 황급히 들어왔다. 그런 다음 주변을 둘러보다가 피팅룸 안으로 들어온 뒤 다급히 숨었다.

지금으로서는 그저 버티는 수밖에 없었다.

두 번째 주자로 나온 건 송지혜였다.

처음 이석준을 잡을까 생각하던 송지혜는 이내 생각을 고쳐먹었다.

이석준이나 이현수는 어린아이 손목 비트는 것처럼 잡기 쉬운 상대였다.

두 사람을 잡는 것보다는 차라리 지금은 안전을 도모하는 게 최우선이었다.

송지혜 역시 비어 있는 매장을 둘러보다가 문이 살짝 열린 매장 안으로 들어섰다. 그리고 그녀는 매장 안을 꼼꼼히 훑었다.

그러다가 피팅룸이 눈에 들어왔다.

'당분간 저곳에 숨어 있자.'

송지혜가 피팅룸으로 향했다.

그때 이석준도 하필이면 그 피팅룸에 숨어 있었다.

그는 콩닥거리는 심장소리를 억지로 가라앉혀야 했다.

안 그랬다가는 송지혜한테 자신이 여기 숨어 있다는 것을 들킬 것만 같았다.

덜컹-

그사이 송지혜가 손잡이를 돌렸다. 그런데 이석준이 문을 걸어 잠가 놓은 것 때문에 피팅룸 문이 열리질 않았다.

"뭐야? 이거 왜…… 안에 누구 있어요?"

"꿀꺽."

이석준이 타는 목으로 침을 삼켰다.

그런데 그 소리는 우레보다 더 우렁찼다.

"……석준 오빠?"

평소였다면 여배우가 오빠라고 부르는 것이니 그보다 더 황홀하지 않을 수 없었겠지만 지금은 달랐다.

무슨 지옥에서 걸어 올라온 야차가 자신을 부르는 것만 같았다.

그리고 송지혜가 계속해서 피팅룸 문을 열려 할 때였다.

위이이잉-

다시 한번 사이렌이 울렸다.

이제 세 번째 주자가 이 무대에 난입한다는 의미였다.

"3번 강한수, 강한수 씨 입장하십시오."

송지혜가 눈을 크게 떴다. 강한수가 들어온다면?

여기 있어서는 안 된다. 다른 멤버들이 나오기 전까지 서둘러 살 길을 마련해야 했다.

그녀는 발 빠르게 매장을 뛰쳐나온 다음 황급히 2층으로 올라왔다.

최대한 본진에서 멀리 벗어나야만 했다.

한수는 본진을 나와 바깥으로 나왔다.

어둠이 살포시 내려앉았지만 NC CUBE는 여전히 환했다.

한수는 천천히 발걸음을 옮기기 시작했다.

그가 움직이고 있지만 보폭은 일정했고 웬만해서는 소리도 잘 나지 않고 있었다.

그것을 보던 카메라 감독이 혀를 내둘렀다.

"진짜 누가 보면 무슨……."

"무슨? 뭐요?"

"첩보 요원인지 알겠는데?"

"하긴. 진짜 긴장감 넘치는데요?"

그들은 상황을 한눈에 파악하고 있었다.

그런 만큼 다들 어디에 있는지 알 수밖에 없었다.

현재 이석준은 피팅룸에 숨어 있었고 송지혜는 2층 매장에 숨죽인 채 바짝 엎드려 있었다.

그것을 보며 카메라 감독이 바짝 타는 목을 축이기 위해 생수를 들이켰다.

"4번은 누구야?"

"태군 형이요."

"오, 이 피디가 꽤 세게 나가네? 태군이는 맨 마지막에 낼 줄 알았는데."

"아무래도 두 사람끼리 붙여보고 싶은 거 아닐까요?"

만약 두 사람이 붙는다면? 힘 대 힘의 대결이 성사된다고 할 수 있다.

그것을 생각해 보면 이형욱 피디가 4번째 주자로 김태군을 고른 건 현명한 선택이 될 수 있었다.

그때였다.

카메라 감독 옆에 찰싹 달라붙어 있던 어린 스태프가 숨을 크게 들이켰다.

한수가 이석준이 숨어 있던 바로 그 매장으로 들어가고 있었다.

세 명이 NC CUBE를 서성이고 있을 무렵 나머지 다섯 명은 대기실에서 자신의 차례를 기다리고 있었다.

4번째 주자가 김태군, 5번째 주자가 이현수, 6번째 주자가 유태호, 7번째 주자가 김서현, 8번째 주자가 레이, 그리고 마지막 9번째 주자가 하형진이었다.

하형진은 자신이 활약할 기반이 드디어 마련됐다며 좋아하고 있었지만 5번째 주자가 된 이현수는 잔뜩 풀이 죽어 있었다.

하필이면 자신 바로 앞의 주자가 김태군이었기 때문이다.

지난주 추격전에서 이현수는 자신을 끝까지 믿던 김태군을 배신했고 그 덕분에 우승을 차지할 수 있었다.

그렇기 때문에 김태군은 그 날 이후 단단히 이를 갈고 있었다.

일단 강한수를 잡기 위해 팀 체제를 구축하기로 했지만 문제는 이게 워낙 불안정한 팀이라는 점이었다.

사실상 협동심도 없는 이 마당에 그들이 그전에 와해되지 않을까 그것을 제일 염려해야 하는 것일 수도 있었다.

그 순간.

"으아아아아악!"

비명이 NC CUBE 안을 가득 메웠다.

그리고 익숙한 비명에 멤버들의 표정이 어두워졌다.

이 비명은 왕코 이석준, 그가 내지른 비명이 분명했다.

한수가 매장에 들어온 건 다른 이유에서가 아니었다.

이곳에 누군가 발을 디딘 것 같은 흔적이 남아 있었기 때문이다.

정확히 그 흔적은 이석준이 만들어낸 건 아니었다. 송지혜의 흔적이었다.

그래서 한수도 처음에는 송지혜가 이곳에 숨어 있나 하는 생각을 하고 있었다.

그렇게 매장을 둘러볼 때 한수의 시선을 사로잡은 건 피팅룸이었다.

피팅룸이 부자연스러웠다.

그러나 한수는 일부러 피팅룸에 다가가질 않았다.

그 대신 조용히 기다리기 시작했다.

어차피 상대는 초조함을 이기지 못하고 먼저 튀어나올 테고 그때 자신이 그 상대를 잡으면 그만이었다.

한수는 피팅룸에 다가가지 않고 그 옆에 멈춰선 채 숨을 고르며 기다렸다.

한편 미팅 머신 안에 들어가 있던 이석준이 눈매를 좁혔다. 슬슬 4번째 주자를 발표할 때가 되었는데 점점 더 그 발표가 늦어지고 있었다.

그는 피팅룸 안에서 큐카드를 들춰봤다. 그리고 그는 뒤늦게 제작진이 미처 공지하지 못했던 몇몇 사항을 알아차릴 수 있었다.

개중 대표적인 건 누군가 바로 50m 안까지 접근했을 경우에는 타이머가 멈춘 채 그 상황이 종료될 때까지 다른 멤버의 투입은 없다는 것이었다.

이석준의 이마를 타고 땀방울이 떨어졌다. 그렇다는 건 지금 강한수가 자신 혹은 송지혜 옆에 있다는 의미였다.

혹은 그 반대가 될 수도 있겠지만 그건 불가능한 일이었다.

최상위 포식자한테 선부르게 다가갈 이유는 전혀 없기 때문이다.

'어떻게 해야 하지…….'

이석준은 침을 꿀꺽 삼켰다. 그러다가 그는 조심스럽게 문을 열었다.

혹시 하는 생각에서였다.

호기심 때문에 그는 문을 열었고 주변을 훑어보려 했다.

그때 피팅룸 바로 옆에 숨죽인 채 기다리고 있던 한수가 그 앞에 모습을 드러냈다.

"으아아아악!"

비명 소리가 터진 건 바로 그때였다.

송지혜도 비명을 들었다.

그녀는 귀를 꽉 막은 채 2층에서 다시 3층으로 뛰어올라갔다.

조금이라도 더 멀리 도망쳐야 했다.

반면에 「스피드 스타」 멤버들은 다들 혀를 내두르고 있었다.

이석준 탈락에는 누가 봐도 강한수가 개입되어 있는 게 분명했다.

애초에 「스피드 스타」 멤버들끼리는 힘을 합치기로 합의가 되어 있었기 때문이다.

그런데 시작하자마자 탈락해 버렸으니 그들이 볼 때는 미치고 팔짝 뛸 노릇이었다.

특히 이석준은 다른 건 몰라도 생존력 하나만큼은 엄청났기 때문에 더욱더 아쉬울 수밖에 없었다.

그때였다.

위이이이잉-

재차 사이렌이 울렸다.

"4번 김태군, 김태군 씨 입장하십시오."

그와 함께 4번째 주자가 들어서기 시작했다.

「스피드 스타」 멤버 중 최상위 포식자이자 짐승남 혹은 근육남이라고 불리는 김태군이었다.

"태군아, 너만 믿는다."

유태호가 김태군을 두드리며 격려했다.

"걱정하지 마요. 한수는 제가 잡을게요."

김태군이 어깨를 으쓱거렸다. 그리고 그가 전장에 나타났다.

이제 누가 더 최상위인지 가려볼 시간이었다.

한수도 김태군이 들어오는 걸 알고 있었다. 그리고 그는 역으로 카운터를 칠 생각이었다.

최대한 빨리 김태군을 탈락시키는 게 목표였다.

그가 「스피드 스타」 멤버들과 합류하는 건 막아야 했다.

그럴 바에는 차라리 김태군을 한시라도 빨리 탈락시키는 게 최고일 터였다.

무엇보다 김태군은 이름표가 1장뿐인데 비해 자신은 이름표가 2장이었다.

훨씬 더 유리한 위치에 서 있다고 할 수 있었다.

한수는 다시 한번 어둠 속에 몸을 숨겼다. 그리고 본진에서 나오고 있을 김태군을 습격하기 위해 발 빠르게 움직이기 시작했다.

말은 그렇게 했지만 김태군은 신중하게 움직였다.

한수는 최상위 포식자였다. 그를 쉽게 잡는다는 건 불가능한 일이었다.

아까 전 함께 촬영하면서 한수의 몸 상태를 슬쩍 본 적이 있었다.

1년 동안 꾸준히 축구 선수를 한 사람답게 온몸이 근육질이었다.

탄탄한 그 근육을 생각한다면 한수를 얕잡아보는 건 있을 수 없는 일이었다.

한편 은밀한 곳에 숨어 있던 한수가 본진으로 이동하려 할 때였다.

메인 피디가 한수에게 다급히 말했다.

출연자들은 각자 마이크와 이어폰을 착용하고 있기 때문에 실시간으로 피디와 대화를 주고받을 수 있었다.

-한수 씨, 잠깐만요.

"네?"

-태군 씨하고는 마지막에 붙어주시면 안 될까요?

"예?"

한수가 떨떠름한 목소리로 되물었다.

"지금 아니면 잡을 기회가 없는데……."

지금 메인 피디의 제안은 조금 어처구니없는 것이었다. 그러나 메인 피디의 생각은 달랐다.

한수와 김태군, 두 사람의 매치업은 결승전이나 다름없었다.

이를 테면 레알 마드리드와 바르셀로나가 맞붙는 엘 클라시코를 보는 것이라고 할 수 있었다. 그런데 이왕이면 챔피언스리그 결승전에서 엘 클라시코를 보고 싶어 하지 8강전에서 엘 클라시코를 보고 싶어 하는 경우는 없다.

빅 클럽 간의 경기, 그것도 주목할 만한 경기는 이왕이면 큰 무대에서 보고 싶어 하는 건 다 똑같기 때문이다.

메인 피디가 하고 싶어 하는 이야기도 그것이었다.

방송은 연출이고 편집이 되게 마련이다.

또, 시청률을 위해서 편집점이라는 게 생길 수밖에 없다.

메인 피디가 원하는 편집점은 두 사람 간의 승부를 최대한 늦게 끌어서 긴박감을 높이고자 하는 것이었다.

한수도 그것을 모르지 않는다.

그렇지만 그는 웬만한 예능 프로그램은 대부분 리얼리티에 가깝게 찍곤 했다.

「하루 세끼」나 「무엇이든 만들어드려요」, 「자급자족 in 정글」 등 대부분의 프로그램을 대본 없이 순도 높게 촬영했고 그것 때문에 그런 상황에 보다 더 익숙해졌다.

지금 만약 한수가 김태군을 공격하지 않는다면 그것이야말로 시청자들 입장에서는 어처구니없는 일일 터다.

사냥감이 나타났는데 공격하지 않는 맹수는 없기 때문이다.

한수가 메인 피디에게 자신의 뜻을 밝혔다. 불과 2년 전만해도 있을 수 없는 일이다.

그때 한수는 이제 막 연예계에 데뷔한 신인이었고 자신의 목소리를 내는 건 불가능했기 때문이다. 하지만 지금은 다르다.

한수가 설득력 있게 여러 차례 의견을 개진하자 메인 피디도 크게 흔들리기 시작했다.

한수와 태군의 무대를 보다 더 극적으로 세팅하고 싶었다.

그렇지만 「스피드 스타」 같은 예능 프로그램은 리얼함이 중요하다.

리얼함이 떨어지기 시작하면 시청자들은 「스피드 스타」 같은 예능 프로그램을 보려 하지 않을 것이다.

더군다나 날이 갈수록 예능 프로그램은 보다 더 다큐멘터리에 가깝게 진화하고 있었다.

짜 맞춘 상황에서 웃음을 만들어내는 것보다는 대본조차

없는 상태에서 출연자들의 센스 및 순간적인 판단력에 기대어 움직이는 경우가 잦아졌고 그럴수록 순발력이 좋은 출연자들의 몸값이 가파르게 상승하고 있었다.

반면에 기존의 출연자 중에서 순발력이 떨어지는 출연자들은 오히려 변화한 현재의 시장에 적응하지 못하고 헤매다가 방송 몇 개를 연달아 말아먹고 침체기에 빠지기 일쑤였다.

그 사실을 잘 알고 있는 메인 피디로서는 한수의 조언을 귀담아들을 수밖에 없었고 그는 결국 한수가 원하는 대로 상황을 만들어가기로 마음먹었다.

그렇게 김태군이 의기양양한 얼굴로 본진을 빠져나왔을 때였다.

근처에 숨어 있던 한수가 빠른 속도로 김태군의 뒤쪽을 향해 접근하기 시작했다.

카메라맨도 이번에는 한수의 뒤를 쫓지 못했다.

혹시 자신의 발걸음 소리나 숨소리가 한수에게 방해가 될까 봐 우려했기 때문이다.

그것 때문에 한수가 이번에 보여준 모습은 말 그대로 잠입액션이 따로 없었다.

메인 피디는 그 장면을 보며 숨을 죽였다.

어째서 폴 그린그래스 감독이 한수를 섭외했는지 그 이유가 궁금했는데 오늘 보니 어째서인지 알 것 같았다.

진짜 영화에서나 볼 법한 그런 장면이 아닐 수 없었다.

숨죽인 채 김태군 등 뒤로 접근하는 그 모습은 첩보 요원 그 자체였다.

그러나 김태군도 녹록지 않았다.

한수가 김태군의 이름표를 뜯으려 하기 직전 김태군이 동물적인 감각을 발휘했다. 그리고 그가 재빠르게 돌아서며 자신의 뒤를 확인했다.

아슬아슬했다.

일촉즉발의 상황이었다.

그의 이름표는 이미 절반 정도 뜯겨나간 상황.

김태군이 놀란 얼굴로 한수를 쳐다봤다.

그로서는 전혀 예상치 못한 일이었다.

말만 그렇게 했을 뿐 한수를 상대하는 건 오늘 게임이 끝나갈 무렵이라고 생각했으니까.

그런데 이제 막 이석준 한 명이 탈락했는데 벌써 한수를 맞닥뜨릴 줄은 생각지도 못한 일이었다.

하지만 그것도 잠시 김태군은 한수를 맞상대할 채비를 하기 시작했다.

경우야 어찌 됐든 이미 게임은 시작된 상태였다.

"한번 붙어보자는 거지?"

"형만 없으면 오늘 게임은 식은 죽 먹기니까요."

"그래? 다만 날 이기는 건 쉽지 않을걸?"

그것도 잠시 두 사람이 서로 맞부딪쳤다.

「스피드 스타」 마지막 미션까지 모든 미션이 끝이 났다.

다들 귀신을 본 듯 당혹스러워하고 있었다.

최종 승자는 당연히 한수였다.

김태군이 가장 까다로운 상대였지만 한수는 초전에 그를 상대하여 빈틈을 노렸고 김태군을 가볍게 꺾는 데 성공했다.

이름표가 뜯기긴 했지만 김태군의 이름표를 한발 앞서 뜯어낸 게 중요했다.

더군다나 한수의 이름표는 두 겹이었고 덕분에 한수는 충분히 살아남을 수 있었다. 그리고 그다음 시작된 건 추격전이었다.

「스피드 스타」 멤버들은 귀신에 홀린 것처럼 도망쳐야 했다.

마치 등 뒤를 웬 귀신이 쫓아오는 것 같은 기분을 느껴야 했기 때문이다.

한수는 첩보전의 괴물이었다. 영화를 통해 그는 다양한 경험을 자신의 것으로 흡수했고 그것을 이번 「스피드 스타」에서 남김없이 발휘했다.

소 잡는 칼로 닭, 아니, 쥐를 잡는데 쓴 것이지만 「스피드 스타」 멤버들이 느끼는 공포는 상상 이상이었을 것이다.

한수는 그야말로 신출귀몰, 그 자체였다.

소리 없이 슬쩍 다가와서 순식간에 상대방의 이름표를 떼고 도망치는 그 모습에 몇몇 「스피드 스타」 멤버는 그 자리에 주저앉아 버렸을 정도였다.

심지어 얼마나 무서웠으면 특권으로 이름표가 2개 있던 몇몇 「스피드 스타」 멤버는 아직 살아남은 다른 멤버들을 찾아가서 자신의 이름표를 떼어달라고 부탁할 정도였다.

그 정도로 한수는 「스피드 스타」 멤버들을 농락하다시피 했고 메인 피디는 그 모습을 보며 크게 만족스러워했다.

처음에는 방송 분량을 충분히 뽑아낼 수 있을지 걱정이 되었지만 뒤로 가면 갈수록 이 쫄깃한 분위기에 넘치는 긴장감을 어떻게 해야 더 잘 살려낼 수 있을지 그걸 걱정해야 했다.

그래서일까. 음향 감독도 고민이 많아 보였다.

괜히 잘못해서 이상한 음악을 입혔다가 분위기가 싸해지는 경우가 생길 수도 있다. 최고의 음악을 준비해야 했다.

어쩌면 음악을 넣지 않는 게 더할 나위 없이 좋을지도 몰랐다.

「스피드 스타」 멤버들이 도망치며 내뿜는 거친 숨소리와 그들의 뜀박질 소리.

그리고 그 뒤를 소리 없이 다가가는 한수의 움직임.

음악 없이 이 장면을 그대로 내보낸다면 시청자 중 몇몇은 자신이 예능 프로그램이 아닌 공포 영화를 보는 거 아니냐고 착각할지도 몰랐다.

촬영이 끝났다. 새벽녘부터 시작된 촬영이었지만 촬영이 끝난 건 자정 무렵이 다 되어서였다.

하나둘 인사를 나눴고 「스피드 스타」 멤버들도 하나둘 밴을 타고 사라졌다.

그때 메인 피디 이형욱이 한수에게 다가왔다.

"한수 씨, 오늘 나와 주셔서 정말 고맙습니다."

"별말씀을요. 아까 제가 한 부탁, 들어주셔서 감사합니다."

"솔직히 처음에는 걱정했는데…… 촬영이 끝나고 보니까 어째서 그렇게 이야기하셨는지 알 것 같더군요."

"운이 좋았을 뿐이죠."

한수가 환하게 웃어 보였다. 이형욱 피디가 고개를 절레절레 저으며 말했다.

"그럴 리가요. 운이 좋다고 그렇게 되겠습니까? 이번에 할리우드에서 찍으실 신작 영화, 기대 많이 하겠습니다. 하루라도 빨리 보고 싶네요."

"아직 크랭크인도 안 했는데요, 무슨. 그래도 감사합니다."

한수는 서현과도 작별 인사를 나눈 뒤 김 실장의 밴을 타고 그도 집으로 향했다.

김 실장이 한수를 보며 말했다.

"오늘 촬영 고생 많았어."

"고생은요. 실장님이야말로 자정인데 안 피곤하세요?"

"내가 피곤할 일이 뭐 있어. 그냥 다른 매니저들하고 같이 떠들거나 밴에서 쉬고 있거나 그것밖에 할 게 없는데 뭘."

김 실장은 한 차례 너스레를 떨었다.

한수가 이번에는 밴 뒤쪽에 탑승해 있는 두 명을 보며 물었다.

"사이먼, 다니엘. 두 사람은요?"

사이먼이 한수를 보며 물었다.

"한스, 너 혹시 첩보조직에서 일한 적 있어?"

"네? 갑자기 그게 무슨 말이에요?"

사이먼은 뜬금없어하는 한수 표정에 머리를 긁적였다.

"아니, 아까 네가 방송 촬영하는 거 계속 지켜봤는데 말이야. 몇몇 동작들은 눈에 익는 것들이더라고. 네가 보여주는 모습들이 조금…… 특이하다고 해야 할까? 어쨌든 그것 때문에 물어보는 거야."

"에이, 제가요? 무슨. 그냥 몇몇 영화에서 보고 흉내 낸 것뿐이에요."

한수가 고개를 설레설레 저었다. 사이먼은 여전히 의구심 섞인 얼굴로 한수를 쳐다봤다.

아까 전 한수가 방송 촬영을 할 때 사이먼은 다니엘과 함께 그 장면을 지켜보고 있었다.

그들은 한수의 경호를 해야 했고 틈틈이 한수를 쫓아야 했다.

물론 촬영용 카메라에는 잡히지 않아야 하다 보니 그들도 나름대로 고충이 있었다.

그런데도 불구하고 한수의 움직임은 웬만한 첩보 요원 저리가라 할 정도로 민첩한 것이었다.

게다가 한수가 보여준 몇몇 모습은 진짜 첩보 요원이 아닌가 하는 생각이 들 정도로 독특했었다.

다니엘과도 대화를 나눠봤지만 다니엘도 역시 한수에 대해 의구심을 갖고 있는 듯 수상쩍다는 반응을 보였다.

그도 그럴 것이 일반인이 보여줄 수 있는 모습은 전혀 아니었다.

그러나 본인이 저렇게 완강히 부인하고 있으니 계속 캐물을 수도 없는 노릇이었다.

또한, 그들도 이곳에 오기 전 한수에 대해 알아봤고 그가 군 전역 이전까지는 다른 사람들과 전혀 다를 것 없는 평범한 삶을 살았다는 것 또한 알고 있었다.

하지만 오늘 보여준 한수의 모습은 진짜 남다르긴 했다.

그러자 문득 몇 년 전 일이 생각났다.

「내가 생존왕」 촬영이 있던 날.

그때도 그랬다. 한수는 천연덕스럽게 베어 그릴스 못지않은 모습을 보여주며 뛰어난 활약을 펼쳐 보였고 우승까지 차지하는 데 성공했다.

당시 한수와 팀을 꾸렸던 다니엘이 볼 때 한수의 모습은 베어 그릴스, 그 이상이었다.

세계 오지 곳곳을 탐험하며 생존 스킬을 단련한 베어 그릴스 이상 가는 존재라니.

그 정도는 진짜 특수부대원이 아니고서야 볼 수 없는 모습이기도 했다.

그때도 의구심을 품었지만 그 의구심은 지금에 이르러서는 더욱더 증폭이 되어가고 있었다.

특히 SAS 내부 정보를 통해 한수가 이번 영국과 미국 사이에 벌어진 일에 연루되어 있다는 것도 두 사람은 알고 있었다.

그들이 한수를 보호하러 여기까지 온 건 맞았다. 다만 그것은 SAS의 요구가 있어서이기도 했다.

SAS에서도 한수를 보호해 줄 것을 요구했다.

아직 완벽하게 전후 사정을 밝혀내지는 못했지만 한수도 이번 사건과 연관이 있음을 알고 있었기 때문에 SAS 측에서는 한수에게 보호 요청을 받은 두 사람에게 한수를 무조건적으로 보호해야 한다고 신신당부를 해뒀던 셈이다.

그리고 오늘 예능 촬영 도중 사이먼과 다니엘, 두 사람은 한수가 묘한 구석이 적지 않다는 걸 다시 한번 깨달을 수 있었다.

한편 그로부터 며칠 뒤, 「버스커」가 드디어 개봉했다.

한수의 첫 영화였다.

그리고 첫날 한수는 서현과 함께 부지런히 무대 인사를 하러 다녀야 했다.

그렇게 영화관을 돌아다니면서 무대 인사를 마쳤을 무렵 첫날 관객 수가 집계되었다. 그리고 뒤풀이를 하면서 한수는 그 소식을 전해 들을 수 있었다.

한수가 뒤풀이를 한 곳은 마지막으로 찾은 영화관 인근에 있는 한우 집이었다.

그곳에서 한수는 영화사 대표, 투자사 이사, 영화감독, 배우들, 스태프들과 어울려져서 뒤풀이를 한창 진행 중에 있었다.

생각보다 블록버스터 영화인 「히어로즈 워」가 시원찮은 데다가 관객들의 입소문도 최악으로 나버리는 바람에 관객 수를 많이 모으지 못한 반면에 한수의 영화 「버스커」는 기대 이상으로 꽤 좋은 입소문을 타고 있는 덕분에 다들 좋은 성적을 기대하고 있었다.

그것들 때문에 다들 회식 중이면서도 내심 첫날 관객 수는 몇 명 정도를 동원했을지 몸이 달아오른 상태였다.

"잘될 겁니다, 아니, 잘되어야죠."

영화사 대표가 환하게 웃었다.

중소기획사의 대표인 그로서는 이번 영화에 나름 사활을 걸고 있었다.

신인 감독의 영화인데도 불구하고 전폭적인 지지를 아끼지 않은 건 그만큼 시나리오가 훌륭했기 때문이다.

점점 더 삶이 팍팍해지고 메말라가는 가운데 이번 영화는 여러모로 사람들에게 따뜻하게 다가갈 테고 그들한테 경종을 울리는 것도 있을 터였다.

또, 자극적이고 피가 난무하는 그런 영화에 질린 관객들에게 전혀 색다른 대안을 제시해 줄 게 분명했다.

반면에 투자사의 이사 표정은 살짝 어두웠다.

그는 이번 영화 투자에 가장 많이 공을 들인 이사로 그는 좌불안석에 놓인 듯한 기분이었다.

사람들의 반응이 좋고 평론가들도 후한 점수를 주었지만 그것이 실제 관객 수로 이어지리라는 보장은 없었다.

그래도 강한수가 할리우드 영화 계약을 확정 지으면서 또 한 번 입소문을 탄 것 덕분에 스크린을 보다 더 많이 확보할 수 있었지만 여전히 「히어로즈 워」 때문에 상영관을 확보하는 데 어려움이 있었다.

다만 이번 첫 주 관객 수에서 반전을 꾀하는 데 성공한다면 자연스럽게 그런 문제들은 해결될 터였다.

관건은 그것을 해결할 수 있느냐 없느냐 그것이었다.

“「히어로즈 워」보다는 더 많이 나와야 할 텐데…….”

“박 이사님은 여전히 걱정이 한 아름이시네요.”

“당연하죠. 제가 이 영화 제작하기 위해 얼마나 공을 들였습니까?”

“그거야 잘 알고 있죠. 박 이사님 아니었으면 이 영화 개봉 어려웠을 겁니다.”

“그런 만큼 좋은 성적 거둬주길 바라는 겁니다. 뭐, 저는 어디까지나 강한수 씨 믿고 투자한 거긴 하지만…… 아무래도 장르가 요새 잘 먹히는 느와르가 아니다 보니 걱정이 많네요.”

박 이사는 목이 타는 듯 손 앞에 놓인 물 잔을 벌컥벌컥 들이켰다.

그때 제작사 기획팀장이 박 이사를 보며 물었다.

“이사님, 「히어로즈 워」 첫날 관객 수가 몇 명입니까?”

“몰라서 물으시는 건 아닐 테고…… 개봉 첫날에만 11만 명을 동원했잖습니까? 스크린 수가 워낙 압도적이니까 뭐 당연한 일일 테지만.”

막대한 중국 자본이 동원된 결과.

그러나 개봉 일주일이 지난 지금 「히어로즈 워」는 전국적으로 110만 명을 동원하는 데 그치고 있었다.

그렇다 보니 이 정도 페이스로는 전국 500만 명은커녕 400만 명도 어렵지 않을까, 라는 평이 자자했다.

그리고 오늘 드디어 「버스커」가 개봉하는 날이었다.

기자들은 촉각을 곤두세우고 있었다.

과연 첫날 얼마나 많은 관객 수를 동원했을까 하는 생각에서였다.

그것은 이곳 회식자리에 모인 관계자들도 마찬가지였다.

하나둘 술이 들어가기 시작하며 다들 은근슬쩍 첫날 관객 수를 예상해 보기 시작했다.

"음, 못해도 5만 명은 동원해 주겠죠?"

투자사 박 이사가 조심스러운 목소리로 말했다.

그가 기대하고 있는 수치는 최대 5만 명이었다.

그래도 회식자리여서 이렇게 이야기한 것일 뿐 실제로 예상하는 첫날 관객 수는 4만 명 남짓이었다.

그래도 입소문을 타면 관객 수는 꾸준히 늘게 되어 있는 만큼 뒷심이 좋길 바랄 뿐이었다.

반면에 영화사 「기억의 공간」 유 대표는 손가락을 하나둘 접어보다가 의미심장한 목소리로 말했다.

"제 생각에는…… 그래도 7만 명 정도는 들이지 않을까요?"

그 후로도 갑론을박이 이어졌다.

한편 소고기는 제대로 먹지도 못한 채 계속해서 인터넷 반응을 살펴보던 홍보팀장 표정은 꽤 밝은 편이었다.

영화사 유 대표가 홍보팀장을 힐끗 쳐다보며 물었다.

"홍보팀장님, 무슨 좋은 일 있으세요?"

"아, 대표님. 생각보다 반응이 무척 좋아요."

"그래요?"

"예. 몇몇 사이트 돌면서 반응 체크했는데 다들 수작 나왔다고 말들이 자자해요. 그 덕분에 조조로 내일 영화 보러 가겠다는 사람들도 많고요."

"흐음, 다행이네요. 하하하."

영화사 유 대표가 웃으며 술잔을 기울였다.

투자사 박 이사도 굳었던 표정이 한결 풀렸다.

"바이럴 마케팅도 지속적으로 요구해 두고 있으니까 일단 화력은 문제없을 겁니다. 남은 건 첫날 관객 수만 잘 뜨는 건데……."

한수는 그들 이야기를 주워들으며 한숨을 토해냈다.

오늘 무대 인사를 돌면서 그는 팬들의 반응을 살폈다.

팬들의 반응은 각양각색이었다. 모든 영화관에 머무르며 영화를 본 건 아니었다.

그러기엔 두 사람의 몸은 하나였고 두 사람을 보고 싶어 하는 팬들은 너무나도 많았다.

결국 그들은 용산과 왕십리, 두 곳에서 영화 촬영을 팬들과 함께했는데 영화가 끝난 뒤 팬들의 반응은 매우 훌륭했다.

눈물을 글썽거리는 관객이 꽤 많았고 함박웃음을 짓는 관객도 더러 있었다.

특히 영화관을 떠나오면서 관객들이 가장 많이 나눈 대화는 이번 영화 OST를 어디서 구할 수 있느냐 하는 것이었다.

그 정도로 영화에 삽입됐던 OST 반응이 훌륭했다는 의미였다.

어쨌든 영화 반응이 나쁘지 않은 만큼 첫날 관객 수 역시 기대해 봐도 좋지 않겠냐는 말이 많았다.

그렇게 회식자리는 저녁부터 시작해서 새벽녘까지 줄곧 이어졌다.

영화 관객 수는 영화진흥위원회에서 다음 날 오전 발표하게 되는데 이는 영화권 입장권을 구매한 수를 알아볼 수 있는 통합전산망 집계 결과에 따른 것이다.

그러나 관계자에게는 보다 더 일찍 집계된 결과를 알려주곤 한다.

홍보팀장은 새벽녘 무렵 하나둘 슬슬 뻗어가기 시작할 때 걸려온 전화를 받았다.

그리고 그는 떨리는 목소리로 몇 차례 고개를 끄덕이며 '네, 네'를 반복하다가 이내 전화를 끊었다.

넉살 좋던 유 대표도 지금은 긴장되는 듯 파르르 떨리는 목소리로 물었다.

"……김 팀장님, 뭐라고 합니까?"

투자사 박 이사 얼굴은 얼큰해진 채 붉게 달아올라 있었다.

다만 한수는 여전히 멀쩡한 얼굴로 바로 옆에 앉아 있는 서현을 챙기고 있었다.

말술로 알고 있던 서현은 어쩐 일에서인지 오늘은 술에 취한 채 좀처럼 낄 기색이 없었고 그것은 서현의 매니저도 마찬가지였다.

그때였다.

홍보팀장이 환하게 웃으며 소리쳤다.

그리고 그것은 이내 이곳 소고깃집을 떠들썩하게 메운 웃음소리에 파묻혔다.

다들 미친 사람인 양 웃음을 터뜨리고 있었다.

다음 날 오전, 기사가 떴다. 한수는 졸린 눈을 비벼가며 기사를 확인했다.

'버스커' 개봉 첫날 관객 수 8만 명! 청신호탄을 쏘아 올리다!

영화 '버스커'가 개봉 첫날부터 심상치 않은 반응을 보이고 있다.

영화진흥위원회 영화관 입장권 통합전산망 집계에 따르면 어제 개봉한 '버스커'(감독 장수전 / 제작 기억의 공간 (주)CTK 엔터테인먼트)는 전국 517개 스크린에서 개봉 첫날에만 8만 1,717명의 관객을 동원했다.

이는 중국 자본을 등에 업은 할리우드 영화 '히어로즈 워'의 강공을 견뎌내며 얻은 성과로 '히어로즈 워'가 기대에 미치지 못하는 재미를 준 것에 비해 극장가에서 보기 드문 수작이라는 평가를 받으며 관객들의 입소문을 타고 있는 중이다.

만능 엔터테이너로 유명한 강한수를 비롯해 충무로 이십 대 여배우 중 톱으로 손꼽히는 김서현 등이 출연한 이번 영화 '버스커'가 계속해서 이렇게 돌풍을 일으킬 수 있을지 그 귀추가 주목되고 있다.

영화 '버스커'는…….

(후략)

한수는 기사를 보며 입가에 미소를 그렸다.

투자사에서 온 박 이사가 예상한 관객 수의 두 배, 영화사 유 대표가 내심 기대 중이던 관객 수보다 더 많은 숫자였다.

그만큼 할리우드 영화 「히어로즈 워」에 실망한 관객들이 많았다는 반증일 뿐만 아니라 영화 「버스커」가 그 정도로 웰메이드 영화라는 의미이기도 했다.

실제로 강한수와 김서현, 두 사람의 연기에 대한 호평 그리고 영화 속 OST에 대한 호평이 줄을 잇고 있었다.

입소문을 탄 덕분에 영화 개봉 첫날보다 오늘 더 많은 관객이 찾을 것으로 예상되는 중이었다.

또 내일모레 주말에 얼마나 많은 관객이 더 들어찰지 실제로 영화사에서는 제작사와 함께 홍보에 열을 올리고 있었다.

흐름을 타기 시작한 만큼 아예 거기에 불길을 부어서 뽕을 뽑겠다는 것이었다.

한수는 몸을 일으켰다.

커다란 침대는 한수 홀로 쓰고 있었고 집에는 이렇다 할 가구가 보이지 않았다.

그는 나오자마자 서재로 향했다.

예전에만 해도 낡은 텔레비전을 보관해 뒀던 서재는 지금은 아예 오픈해 둔 상태였고 그 대신 서재 안에는 한수가 틈틈이 모아두고 있는 세계 각국의 서적들이 쌓여 있었다.

보다 많은 견문을 쌓기 위해 한수는 다양한 책을 두루두루 읽기 시작했고 그것들은 채널 마스터의 능력을 이용해서 경험을 쌓는 것 못지않게 한수에게 이로움을 주고 있었다.

그때였다.

건너편 작은방에서 인기척이 났다.

그리고 얼마 지나지 않아 비명 소리가 터져 나왔다. 그것은 여자 비명 소리였다.

한수가 다급히 작은방으로 뛰쳐 갔다. 그는 문을 여는 대신 노크를 했다.

"누, 누구세요?"

"나야, 나."

"……하, 한수 너야?"

"어. 들어가도 돼?"

"……어."

작은방 침대에 멍한 얼굴로 앉아 있는 건 서현이었다. 그녀가 얼떨떨한 얼굴로 한수를 보며 물었다.

"이게 어떻게 된 거야?"

"어제 기억 안 나? 정확히 말하면 오늘 새벽이네."

"무슨 일 있었어?"

한수가 자초지종을 설명했다.

"너 술에 잔뜩 취해서 너 매니저도 그렇고. 그래서 네 매니저는 택시 태워 보내고. 너도 그러려고 했는데 네가 우리 집 와서 자고 가겠다고 계속 매달리는 바람에."

"……그래서?"

"어차피 남는 게 방이니까. 그래서 김 실장님하고 너 데려와서 너 이쪽 방에 재운 거야. 김 실장님은 바로 돌아갔고 다니엘하고 사이먼은 위층 게스트룸에서 자는 중이고."

"……미안해. 그런 줄도 모르고."

"아니야. 괜찮아. 그럴 수도 있지."

한수가 고개를 절레절레 저었다. 어젯밤 그녀는 뭔 술에 그렇게 원한을 졌는지 쉴 새 없이 마셔댔고 그것 때문에 금방 뻗어버리고 말았다.

그제야 뒤늦게 어제 일이 생각난 듯 그녀가 얼굴을 붉혔다.

"제정신이 아니었나 봐."

"너 그럼 어제 관객 수 몇 명인지 들은 것도 기억 안 나지?"

"아, 맞다. 어제 발표 떴어? 몇 명이래?"

한수가 웃으며 대답했다.

"첫날 관객 수 8만 명이래. 이 정도면 대박이라고 봐야겠지?"

서현이 그 말에 눈을 휘둥그레 떴다.

그리고 그녀는 다급히 휴대폰을 찾았고 침대 사이에 끼인 휴대폰을 찾아냈다.

동시에 그녀는 휴대폰을 확인했다. 배터리는 얼마 남지 않아 있었고 부재중 전화와 아직 읽지 못한 메시지도 수백 건 넘게 쌓인 상태였다.

대부분 축하 인사였다. 그녀가 얼떨떨한 표정으로 말했다.

"마, 말도 안 돼."

"믿기지 않지? 사실 나도 그래."

한수도 멋쩍게 웃었다.

그리고 그는 못 믿는 그녀에게 휴대폰 기사를 확인시켜줬다.

서현은 휴대폰 기사를 확인하고 눈을 동그랗게 떴다.

아직도 실감이 제대로 나질 않고 있었다.

그때 한수가 서현을 보며 물었다.

"아침 먹을래?"

머뭇거리던 서현이 베시시 웃으며 고개를 끄덕였다. 이왕 이렇게 된 거 한수가 만들어준 아침은 먹어야 했다.

한수가 서현이 머무르고 있는 방에서 나오자 문 앞에 서성이고 있던 사이먼과 다니엘이 물었다.

"별일 없는 거 맞지?"

"아, 두 사람은 언제 깼어요?"

"언제 깨긴. 아까 전부터 깨어 있었지."

"그래요?"

"그래. 그리고 아침부터 여자 비명이 들리는데 안 일어날 수 없잖아. 도대체 안에서 뭐한 거야?"

"제가 뭘 할 사람처럼 보여요?"

사이먼이 고개를 저었다.

"뭐, 네가 그럴 사람은 아니긴 하지."

"아침 준비나 도와줘요. 간단하게 해 먹어요."

사이먼이 그 말에 반색하며 말했다.

"좋아. 그런 일이라면 내 전문이라고."

다니엘도 웃으며 고개를 끄덕여 보였다.

잠시 뒤, 한수가 정성껏 차린 아침상이 식탁 위에 한가득 차려졌다.

그런 뒤 한수와 서현, 다니엘, 사이먼이 자리에 앉았다.

서현은 그새 샤워를 끝낸 덕분에 맨얼굴이 고스란히 드러나 있었다. 잡티 하나 없을 만큼 뽀얀 피부였다.

다들 맛있게 아침 식사를 하고 있을 때였다. 서현이 전화를 받았다. 아마도 그녀의 매니저가 전화를 건 모양이었다.

한수는 마저 아침 식사를 끝낸 뒤 다니엘과 사이먼을 쳐다보며 물었다.

"설거지는 두 사람한테 맡겨도 되죠?"

"그럼. 내가 할게."

두 사람이 설거지를 맡기로 했다.

그리고 식사를 마친 서현도 매니저의 차를 타고 귀가하기로 했다.

그녀를 배웅한 뒤 한수는 방 안에서 채널 마스터의 능력을 이용, 계속해서 여러 가지 능력을 개발하기 시작했다.

한수는 대부분의 하위 채널은 거의 다 습득했고 지속적으로 그 능력을 쌓아 올리고 있었다.

영화 채널 같은 경우 아직 장르를 두 개밖에 확보하지 못했다는 게 아쉬웠지만 남은 장르도 빠른 시일 내에 확보하는 게 목표였다. 그러면 카테고리2에 해당하는 「종합편성채널」 역시 얻게 될 테고 결국 궁극적으로는 「지상파」 채널도 확보가 가능해질 게 분명했다.

「지상파」 채널을 확보하면 그 위는 어떻게 될지. 한수가 가장 궁금해하는 건 바로 그것이었다.

그 위에 무엇이 있을지 그것을 알고 싶었다.

그때였다. 김 실장에게 연락이 걸려왔다.

-한수야, 무대 인사 하러 갈 준비는 됐어?

오늘 역시 무대 인사가 잡혀 있었다.

모두 네 곳에서 아홉 번의 무대 인사를 해야 했다.

영화 개봉일에도 적지 않게 무대 인사를 했지만 앞으로도 나흘 정도는 전국을 돌면서 무대 인사를 가질 예정이었다.

내일까지는 서울에서 무대 인사를 진행한 뒤 내일모레부터는 대전, 대구, 부산을 돌면서 무대 인사를 가질 예정이었다.

특히 부산 일정이 빡빡했는데 하루에 영화관 일곱 곳을 돌면서 스무 번의 무대 인사를 가져야 했다.

영화를 함께 보는 건 아니었다.

영화 상영 전 혹은 상영 후 무대 인사를 하고 관객들과 소통하는 게 주된 목적이었다.

"바로 출발하는 거예요?"

-아니, 너 미용실부터 가야지. 그다음 무대 인사 돌러 갈 거야. 일정은 오후 두 시부터 있으니까 서두르지 않아도 돼.

"고마워요. 슬슬 준비하고 있을게요."

-그래. 이따가 보자.

한수는 전화를 끊었다.

오늘 역시 무대 인사가 줄줄이 잡혀 있었다.

내일모레부터 지방을 돌아다녀야 하니 그 피로감도 상당할 듯했다.

그래도 첫 영화가 좋은 평가를 받으면서 흥행지표도 훌륭하다는 건 여러모로 즐거운 일이었다.

간단하게 씻고 난 뒤 옷을 갈아입었을 때 타이밍 맞게 김 실장이 도착했다.

그리고 한수는 사이먼, 다니엘 두 사람과 함께 미용실로 향했다.

다시 한번 강행군을 시작해야 했다.

"캉상~!"

"워아이니!"

오후 두 시부터 영화관을 돌며 무대 인사를 가진 한수는 각양각색의 언어를 들으며 미소로 화답했다.

중국, 일본 가릴 것 없이 다양한 국가에서 한수의 영화를 보기 위해 한국을 찾았고 그 중 몇몇은 무대 인사를 보기 위해 비싼 돈을 주고 암표까지 구매한 경우도 있었다.

점심은 간단히 도시락으로 때운 뒤 한수는 서현과 함께 재차 무대 인사를 돌았고 네 번째 찾은 무대 인사에서는 관객들과 소통하는 시간도 가졌다.

계속해서 터지는 플래시 세례 속에 진행자가 영화 퀴즈를 냈다.

불과 하루 전 개봉한 영화였지만 사람들은 영화를 달달 외우기라도 한 것처럼 주저 없이 정답을 외쳤고 당첨자 다섯 명이 선정되었다.

그들에게는 자신이 좋아하는 스타와 대화를 나눌 기회가 주어졌다.

남자 한 명, 여자 네 명으로 이루어진 당첨자들은 머뭇거리다가 빠르게 움직였다.

남자는 자연스럽게 서현에게 다가갔고 여자 네 명은 차례대로 한수에게 걸어왔다.

서현이 남자 팬과 웃으며 대화하고 있을 때 한수 앞에 다가온 여자가 한수에게 그대로 달려들었다.

"어?"

다들 당혹스러워할 때 그녀가 한수 품에 안겼다.

진행자도 헛기침을 하며 말했다.

"저, 대화를 나누는 자리일 뿐 이렇게 적극적으로 사심을 드러내면 안 됩니다."

"죄, 죄송해요."

그녀는 얼굴을 빨갛게 붉혔다.

한수가 웃으며 말했다.

"괜찮습니다."

"영화 정말 잘 봤어요! 오늘 네 번째 보러 온 거예요. 어제 무대 인사도 보러 가고 싶었는데 표를 못 구해서……."

미주알고주알 자신의 이야기를 늘어놓는 팬을 보며 한수가 말했다.

"이렇게 보러 와주셔서 감사합니다."

그 이후로도 팬들과 인사를 나눴고 영화가 시작되기 직전에야 무대 인사가 모두 끝날 수 있었다.

한수와 서현은 무대를 내려온 뒤 엘리베이터를 타러 움직였다.

직원들이 두 사람이 따로 탈 엘리베이터 주변을 막아서고 있었다.

그 좌우로는 꽤 많은 사람이 호기심을 느끼고 몰려든 상태였다.

개중 몇몇은 한수와 서현이 무대 인사하러 온 것을 알고 있는 사람도 있었다.

그때 한수와 서현이 지나가자 비명 소리가 터져 나왔다.

"와, 진짜 예쁘다."

"배우는 배우네. 얼굴 주먹보다 더 작은 거 봤어?"

"네 주먹이 워낙 커서 그런 거 아니야?"

"뭐?"

"근데 강한수도 실물이 훨씬 더 잘생겼네."

"키 엄청 크더라. 비율도 깡패던데?"

"아, 나도 무대 인사 보러 갈걸."

투덜거리는 사람들을 뒤로 한 채 두 사람은 엘리베이터에 탑승했다. 그리고 다니엘과 사이먼 그밖에 매니저들도 줄줄이 올라탔고 그제야 그들을 태운 엘리베이터가 지하주차장을 향해 움직였다.

그러나 아직도 무대 인사는 많이 남아 있었다.

영화 「버스커」가 개봉한 지 첫 주가 지났다.

첫 주 동안 영화 「히어로즈 워」는 110만 명을 동원했지만 그게 끝이었다.

2주째 된 지금 「히어로즈 워」는 40만 명을 끌어 모으는 데 그쳤고 지금 관객 수는 150만 명밖에 되지 않았다.

그것도 다음 주부터는 영화 「버스커」한테 관객을 모조리 빼앗기게 될 것이라는 평이 자자했다.

영화 「버스커」 같은 경우 엄청난 호평과 함께 배우들의 호연, 따뜻한 감동을 전달한다는 점에서 남녀노소 가릴 것 없이 관객들을 끌어모았기 때문에 관객 수가 날이 갈수록 늘어나고 있었다.

게다가 지금은 딱히 볼 만한 영화가 없는, 무주공산인 상태였기 때문에 관객 수는 필연적으로 더 늘어날 가능성이 농후했다.

실제로 영화 「버스커」는 개봉 첫 주만에 80만 명을 동원하며 기대 이상의 성적을 기록 중이라는 이야기가 있었다.

100만 명만 동원해도 손익분기점을 넘을 수 있는 영화 「버스커」였다 보니 손익분기점을 넘는 것은 물론 과연 얼마나 많은 관객을 동원할지 그 여부가 핵심이었다.

어쨌든 그것 덕분에 이번 영화에 참여했던 영화사 「기억의 공간」은 물론 투자사, 배급사 모두 만족스러운 분위기였다.

막대한 이득을 거둬들일 것으로 예상되고 있었기 때문이다.

"축하해, 장 감독."

"감사합니다, 유 대표님."

장수전 감독이 멋쩍게 웃었다.

그로서는 입봉작이 대히트를 치게 됐으니 하늘을 날아갈 것 같은 기분이었다.

사실 이번 영화는 자신이 쓴 시나리오보다는 한수와 서현, 두 주연배우의 호연 여기에 영화 속 OST가 흥행몰이에 더욱

더 중요한 역할을 미쳤다고 봐야 했다.

영화 크랭크인 전부터 계속됐던 한수의 발연기 논란은 관객들의 관심을 끌어모으기에 충분했고 개중 몇몇은 반발 심리로 한수가 얼마나 연기를 못하는지 보겠다고 영화관을 찾은 경우도 많았다.

하지만 한수는 실제로 김형준이 그 자리에 서 있는 것처럼 완벽하게 연기를 선보였고 실제로 그는 미혼에 아직 애가 없는데도 불구하고 미혼부의 그 애절한 감정을 엄청난 연기력으로 표현해냈다.

그 덕분에 충무로에서 연기 꽤나 한다 하는 배우들도 다들 한수를 극찬하곤 했다.

또 하나 서현도 이번 영화에서 자신의 역할을 완벽하게 수행해내며 남자 관객들이 보기에 여자친구로 사귀고 싶어 할 러블리한 매력을 끌어낼 수 있었다.

"저는 한 게 없어요. 배우 두 분이 열연해 주신 덕분에 이렇게 반응이 좋은 걸요."

"처음에만 해도 완전 반대였던 거 자네도 알잖아. 얼마나 잡음이 많았어. 김서현은 그래도 이십 대 여배우 중에서 티켓 파워가 약간은 있는 편이지만 강한수는 완전 초짜에 발연기 논란이 있던 상황이었으니까."

"그렇긴 하죠. 그때 정말 반대가 심했죠."

실제로 영화 시나리오를 보고 투자를 결정한 한 투자사 같은 경우 김서현을 여배우로 캐스팅한다고 결정했을 때만 해도 반색하다가 강한수를 주연배우로 캐스팅한다고 하자 투자를 포기하겠다고 강수를 놓기까지 했다.

하지만 장수전 감독은 강한수야말로 이 영화의 주연배우로 가장 적합하다고 생각했다.

실제로 강한수는 여러 차례 버스킹을 경험했고 무엇보다 웬만한 가수보다 훨씬 더 노래를 잘 불렀다.

그것을 담아 스크린에 보여줄 수만 있다면 관객들의 몰입도는 더욱더 살아날 게 분명했다.

또, 처음 오디션 때 한수의 연기를 보고 장수전 감독은 한수가 발연기라고 했던 게 와전된 소문이라는 걸 깨달을 수 있었다.

실제로 그날 한수가 보여준 연기를 보고 장수전 감독은 한수의 캐스팅을 확정지었던 것이었다.

어쨌든 영화가 개봉하고 대박을 터뜨리자 장수전 감독은 진짜 강한수에게는 무언가 특별한 게 존재한다고 생각할 수밖에 없었다.

대부분 처음에는 실패를 겪을 수도 있고 부침이 있을 수도 있는데도 불구하고 강한수는 단 한 번도 실패한 적이 없기 때문이다.

유일하게 실패를 겪을 뻔했던 건 「자급자족 in 정글」 첫 촬영 때였다.

아니, 그 이전에 「트루 라이즈」가 있었지만 그것은 출연할 뻔했다가 결과적으로 출연이 어긋났고 「트루 라이즈」는 완전 개판으로 말아먹었다.

「자급자족 in 정글」 같은 경우도 천재지변으로 출연자 두 명이 낙오되며 프로그램 폐지까지 갔지만 그 이후 극적으로 사건이 봉합되며 오히려 시청률을 끌어올리는 견인차 역할을 할 수 있었다.

그 이후 강한수는 출연하는 프로그램마다 대박을 띄우는데 성공했다.

그것은 축구에서도 마찬가지였다.

첫 시즌에 프리미어리그 우승을 차지한 걸 넘어서 트레블을 만들어냈기 때문이다.

게다가 그의 성공은 축구에서 끝난 게 아니라 지금 이곳 충무로에서도 이어지고 있었다.

이미 영화 「버스커」는 흥행 몰이에 나섰고 돌풍을 일으키고 있는 중이었다.

관계자들은 관객을 얼마나 동원할지 그것을 놓고 초읽기에 들어간 상황이었다.

영화사 「기억의 공간」 유 대표가 장수전 감독을 쳐다보며 물었다.

"무슨 생각을 그렇게 하나? 장 감독."

"아, 유 대표님. 다른 게 아니라 한 가지 문득 궁금한 게 생겨서요."

"궁금한 거? 그게 뭔데?"

장수전 감독이 마른 침을 삼키며 말했다.

"그동안 한수 씨는 단 한 번의 부침도 없이 성공 가도를 달려왔잖아요."

"……음, 그건 그렇지?"

"그렇다면 이번 폴 그린그래스 감독의 신작 영화에서는 어떻게 될까요?"

"흥행에 성공할 수 있을 것 같냐고 묻는 건가?"

"예. 과연 이번에도 대박을 터뜨릴 수 있을까요?"

"글쎄……. 언제까지 그 성공 신화가 계속된다고 보장할 수는 없는 것이니까. 더군다나 할리우드에 어쨌든 그는 동양인이니까 아무래도 부담이 더할 수밖에 없겠지?"

두 사람이 배우 강한수의 할리우드 진출을 놓고 어떻게 될지 미래를 예측하는 사이 시간은 훌쩍 지나갔다.

그로부터 한 달 뒤 한수는 지금 파리에 서 있었다.

CHAPTER 3

한수가 파리에 있는 건 다른 이유에서가 아니었다.

영화 촬영 때문이었다.

폴 그린그래스 감독의 신작 영화.

그 촬영을 위해 지금 그는 파리에 있었다.

이번 영화는 북한에 침투한 첩보 요원에 대한 이야기를 다루고 있었다.

핵보유국이 된 북한.

그 북한에 미국 NSA의 명령으로 침투해 있는 첩보 요원 김신.

그것이 바로 한수가 맡은 역할이었다.

폴 그린그래스 감독이 주연배우로 동양인 배우를 원한 것도 이런 이유에서였다.

어쨌든 북한에서 중대한 단서를 찾아낸 한수, 아니, 김신은 자신을 뒤쫓는 북한 중앙정보부를 피해 중국 국경을 넘어 도망치게 되고 그 와중에 그는 오히려 NSA 요원들에게 피습을 당하게 된다.

천신만고 끝에 도망친 한수는 제니퍼 로렌스의 도움을 받아서 파리까지 도망칠 수 있었고 파리에서 은퇴한 전직 요원을 만나 도움을 받게 된다.

그리고 그는 자신이 쥔 정보를 놓고 갈등하게 된다.

원래대로였다면 NSA에 이 정보를 가져가야겠지만 이 정보는 NSA의 고위 관계자가 연루되어 있는 것이었다.

NSA 요원들이 자신을 공격하려 한 것도 그런 이유 때문이었다.

그렇다고 해서 북한에 다시 이 정보를 돌려줄 수도 없는 노릇.

결국 김신은 자신이 쥔 정보를 누구에게도 주지 않은 채 잠적하려 하는데 제니퍼 로렌스가 그와 연루되어 있다는 것 때문에 NSA로 끌려가고 그는 제니퍼 로렌스를 구하기 위해 NSA로 다시 넘어가게 된다.

결국 NSA에 잠입하는 데 성공했지만 수적 열세를 이기지 못하고 잡혀 버린 김신.

그곳에서 김신은 자신이 가진 정보를 빼앗기게 되지만 극적으로 탈출하는 데 성공하고 제니퍼 로렌스도 구해내게 된다.

끝내 NSA를 빠져나온 한수는 우선 제니퍼 로렌스를 피신시키고 난 뒤 NSA에 다시 잠입한다.

그런 뒤 그는 부국장을 찾아간다.

그를 북한에 보낸 것도, 정보를 빼돌리라고 지시한 것도 바로 그였기 때문이다.

하지만 부국장은 국가를 위한 일이었다고 항변하며 스스로 관자놀이에 총을 겨눈 채 자살한다.

그때 부국장은 한수가 여전히 USB를 갖고 있는 게 아닌가 의심하게 된다. 그에게서 USB를 빼앗았지만 어느 순간 그 USB가 사라졌기 때문이다.

그러나 한수도 USB를 갖고 있지 않았고 부국장은 진실을 은폐할 수 없다는 걸 알게 되면서 자살해 버리고 만다.

어쨌든 부국장이 자살하면서 상황은 일단락됐고 한수는 재차 NSA를 빠져나와서 제니퍼 로렌스의 뒤를 쫓게 된다. 그리고 제니퍼 로렌스를 만난 한수는 그녀와 함께 잠적하게 된다.

이때 반전이 있으니 한수가 입수한 USB는 제니퍼 로렌스가 중간에서 갈취한 상황이었고 그녀는 영국 M16에서 보낸 첩보 요원이었다.

그러나 그녀는 끝까지 그 비밀을 숨기고 있던 상황이었다.

하지만 한수 역시 그녀가 M16의 첩보 요원인 건 진즉에 알고 있었다.

다만 자신을 도와줬기 때문에 일부러 모른 척하고 있었던 것뿐이다.

그렇게 두 사람은 서로의 정체를 알지만 서로의 정체를 모른 척한 채 단둘이 잠적하면서 영화는 끝이 난다.

전체적인 시나리오는 이러했다.

물론 영화를 촬영하다 보면 상황에 맞게 수정되는 부분이 있겠지만 대략적인 시나리오는 이렇게 흐를 예정이었다.

그리고 한수가 촬영해야 하는 장면은 프랑스 파리에서의 모든 신이었다.

제니퍼 로렌스와 함께 파리에 도착한 뒤 그녀와 헤어지고 그 이후 전직 요원을 만나 도움을 얻게 되었다가 제니퍼 로렌스가 납치당하는 것을 알게 되는 것까지.

이렇게 이루어져 있었다.

지난주부터 차근차근 촬영이 들어간 이번 신작 영화는 시작부터 기대감이 살아 있었다.

그동안 많이 쓰이지 않았던 동양인 배우가 주연인 것부터 시작해서 제니퍼 로렌스가 출연한다는 것. 그리고 영화 내용이 민감한 이슈일 수도 있는 북한의 핵 보유에 대해 다루고 있다는 것까지.

또한, 미국이 정의롭게 그려지는 게 아니라 국가를 위해 헌신한 요원을 부국장이 내치는 것까지 전반적으로 미국 중심의

스토리에서 크게 벗어나 있었다.

한수는 대본대로 파리 외곽 지역에 위치한 낡은 집으로 향했다.

이곳에 그를 도와줄 전직 요원이 있었다.

그리고 낡은 집에 도착한 한수가 문을 두드리려 할 때였다.

그는 누군가 자신을 감시하고 있다는 것을 알 수 있었다.

김신은 수비적인 자세를 취한 채 상대가 모습을 드러내길 기다렸다.

얼마나 지났을까.

익숙한 목소리가 들렸다. 그리고 어둠 속에서 그가 걸어오기 시작했다.

“내 도움을 필요로 하는 후배가 있다고 하던데 그게 자네인 모양이군.”

어둠 속에서 모습을 드러낸 건 바로 맷 데이먼이었다.

특별출연을 확정 지은 뒤 맷 데이먼에게 주어진 역할은 바로 전직 요원이었다. 그리고 그가 한수를 돕는 역할을 맡게 되었다.

「본 트릴로지」에서 스토리가 이어지는 건 아니지만 폴 그린그래스 감독은 맷 데이먼을 내세움으로써 새로운 첩보 시리즈물의 등장을 알리고자 했던 셈이다.

물론 그것은 이번 신작 영화가 흥행에 성공한다는 가정하에 가능한 것이었지만 말이다.

오늘 영화 촬영이 끝난 뒤 배우들은 각자 호텔에서 휴식을 취했다.

영화 촬영은 이제 막 시작된 것이었고 촬영이 모두 다 끝나려면 못해도 석 달은 더 남아 있었다.

한수도 호텔에서 휴식을 취할 때였다.

똑똑-

문을 두드리는 소리가 있었다.

새벽 한 시. 야심한 시각이었다.

그가 문을 열었다. 문밖에는 제니퍼 로렌스가 서 있었다.

"제니퍼?"

"한스, 자고 있었어요?"

"아직요. 이제 슬슬 잘 준비 중이었어요."

제니퍼 로렌스가 환하게 웃으며 물었다.

"그럼 와인 한잔할래요?"

그러면서 그녀가 슬그머니 등 뒤에 숨기고 있던 와인을 한 병 꺼내 보였다.

한수가 단번에 와인을 알아봤다.

한 병에 몇백만 원 하는 고급 와인은 아니지만 그래도 꽤 인지도가 있는 와인이었다.

"나쁘지 않죠. 바에 내려가서 마실까요?"

"굳이 그럴 필요 있어요? 파파라치가 있을지도 모르고. 그냥 한스 방에서 마셔요."

"아, 그럴까요?"

한수는 흔쾌히 고개를 끄덕였다.

"그럼 실례할게요."

제니퍼 로렌스가 한수가 머무르고 있는 호텔 방 안으로 들어왔다.

한수는 영화 촬영이 끝나고 사다 놨던 치즈를 크래커 위에 올리기 시작했다.

그런 다음 몇 가지 과일을 작게 잘라서 핑거 푸드를 만들었다.

순식간에 먹음직스러운 와인 안주를 만들어내는 한수를 보며 제니퍼 로렌스가 탄성을 냈다.

"와, 이걸 어떻게 이렇게 금방 만들어낼 수 있어요?"

"별거 아닌 일인걸요. 와인 잘 마실게요."

"그래요."

한수는 제니퍼와 함께 와인 잔을 기울이며 영화와 관련해서 이야기를 나눴다.

제니퍼 로렌스는 확실히 할리우드에서도 톱스타로 손꼽히는 이유가 존재했다.

실제로 그녀와 몇 차례 함께 연기를 맞춰봤지만 그럴 때마다 한수는 감탄할 수밖에 없었다.

자신은 채널 마스터의 능력을 빌렸기에 이렇게 연기하는 게 가능한 것이지만 그녀는 그런 능력이 없는데도 불구하고 엄청난 연기력을 선보였기 때문이다.

실제로 제니퍼 로렌스가 연기할 때를 보면 그녀가 흡사 다른 사람이 되었다는 생각이 들 정도였다.

연기할 때의 그녀는 제니퍼 로렌스가 아닌 대본 속 그녀 그 자체였다. 게다가 그녀는 격투신도 훌륭하게 소화하는 모습을 선보이기도 했다.

그동안 꾸준히 관리를 받으며 무술 연습을 했다고 하던데 그런 노력에서 저런 모습이 나타나는 게 아닌가 싶었다.

그렇게 슬슬 와인 병을 비워갈 무렵 제니퍼 로렌스가 한수를 빤히 쳐다보며 물었다.

"한스는 왜 내가 여기 왔는지 궁금하지 않나 봐요?"

"글쎄요. 와인을 마시러 온 거 아니었나요?"

"와인은 선물이었어요. 한스한테 궁금한 게 있거든요."

"……궁금한 거요? 그게 뭐죠?"

그녀가 한수를 빤히 보며 물었다.

"애쉴리, 아니, 에바 로렌인가요? 그녀하고는 어떻게 된 거죠?"

"글쎄요. 지금 그녀는 미국에 있지 않나요?"

"그거 말고요. 그녀하고 아직도 연락하고 있나요?"

"아뇨. 그럴 리가요."

한수가 씁쓸한 얼굴로 고개를 저었다.

그 말에 제니퍼 로렌스가 반색하며 입을 열었다.

"그럼 우리 한번 만나보는 건 어때요?"

"……네?"

한수가 당혹스러운 얼굴로 제니퍼 로렌스를 바라봤다.

제니퍼 로렌스가 미소를 지었다.

"왜요? 제가 별로예요?"

"아니, 그건 아니죠. 그럴 리는 없죠. 그런데 조금 급작스럽다고 해야 할까요? 여하튼 뭐, 그렇다는 거죠."

"남녀가 서로 좋으면 충분히 만나볼 수 있는 거 아닌가요? 그러다가 싫증 나면 헤어질 수도 있는 거고요. 저는 그렇게 생각해요."

한수는 그 말에 헛웃음을 흘렸다.

그러나 그녀 말이 틀린 건 아니었다.

때론 앞뒤 안 가리고 마음 가는 대로 행동하는 경우도 적지 않으니까.

무엇보다 제니퍼 로렌스는 할리우드 톱스타답게 예뻤고 영화 촬영 때문에 몸매 관리도 잘 되어 있었기에 그 누구보다 아름다운 게 사실이었다.

그녀가 먼저 이렇게 유혹하고 있는데 그것을 거절한다면 그건 게이일 게 분명했다.

한수가 머쓱하게 웃었다.

"좋아요. 한번 만나볼까요?"

"잘됐네요."

그녀가 베시시 웃었다. 그런 제니퍼 로렌스를 보며 한수는 어색하게 웃었다.

확실히 제니퍼 로렌스, 그녀의 성격도 별난 데가 있었다.

교제하기로 했다고 해서 당장 무슨 일이 일어난 건 아니었다.

제니퍼 로렌스, 그녀는 프로였다.

촬영장에서 그녀가 보여주는 모습은 배우 그 자체였다.

한편 한수는 파리에서 맷 데이먼과 호흡을 맞춰가며 촬영을 이어나갔고 한 번의 NG도 없이 촬영을 깔끔하게 마무리 지을 수 있었다.

그렇게 파리에서의 촬영을 마무리 지은 뒤 촬영 팀은 이탈리아로 이동하기 시작했다.

엔딩컷을 찍기 위함이었다.

그런 뒤 다시 유럽 몇 개국을 돌면서 현지 로케이션 촬영을 끝낸 다음 미국으로 돌아갈 예정이었다.

미국에서 마무리 촬영을 하면 영화 촬영은 공식적으로 끝나게 되는 것이었다.

이때까지 걸리는 시간이 두 달 남짓.

그 이후에는 이제 편집 및 후반 작업 과정이 남아 있었다.

그때였다.

이탈리아로 이동하는 도중 한수는 한국에서 연락을 받을 수 있었다.

이제 개봉한 지 한 달된 영화 「버스커」의 관객 수가 500만 명을 돌파했다는 것이었다.

입소문을 여러 차례 타면서 관객 수가 꾸준히 늘었고 거기에 특별한 경쟁작이 따로 보이질 않으면서 물 만난 고기처럼 「버스커」는 빠른 속도로 관객 수를 부풀려 가고 있었다.

그 덕분에 영화사 대표와 투자사가 가장 신이 났다고 하니 그들이 얼마나 흥행에 실패하면 어쩌나 불안해했을지 익히 알 수 있는 대목이었다.

한수가 처음 출연한 영화 관객 수가 500만 명을 넘겼다는 걸 알게 된 뒤 기차를 타고 함께 이동 중이던 촬영 팀들 모두 축하 인사를 건넸다.

그것도 잠시 한수는 제니퍼 로렌스와 함께 기차에서 마저 촬영을 이어나갔다.

그들이 미국에서 이탈리아로 입국한 뒤 아말피로 가는 기차를 타는 신에서 삽입될 것을 미리 찍어놓는 것이었다.

파리까지 제니퍼 로렌스의 도움을 받아 이동했던 한수는 나흘 만에 그녀와 연인이 되어 아말피로 이동하고 있었다.

촬영이 A부터 Z까지 이루어지는 게 아니라 그 장소에 맞게 뒤죽박죽 이루어지다 보니 어쩔 수 없는 일이었다.

그것 때문에 배우들이 감정 이입하는 게 더 어려운 것이기도 했다.

그때 제니퍼 로렌스가 웃으며 말했다.

"이런 영화는 SF 판타지에 비하면 별거 아니에요."

"왜요?"

"그건 쫄쫄이 입고 싸우거나 아니면 몇 시간 동안 특수 분장을 한 다음 촬영해야 한다고요. 대부분 다 CG로 처리되기 때문에 유독 촬영이 까다로운 편이거든요."

실제로 그녀는 「엑스맨 트릴로지」에서 미스틱 역할로 나왔는데 매번 대여섯 시간 넘게 특수 분장을 해야 했고 그 이후에도 피부병이 생기는 등 고초를 겪어서 다시는 미스틱을 연기하지 않겠다고 선언한 적도 있었다.

그렇게 두 사람이 스스럼없이 대화를 나누며 촬영을 준비할 때 이곳에 모인 대부분의 스태프들은 그런 두 사람을 의미심장한 눈길로 바라보고 있었다.

연애를 하기 시작하면 분위기가 바뀌게 된다. 그리고 그것을 사람들이 모를 리 없다.

한수는 애쉴리 때문에 적지 않은 상처를 받았다. 그래도 좋아했던 여자인데 배신을 당했기 때문이다. 그래서 제니퍼 로렌스한테 더 끌렸던 것일지도 몰랐다.

그렇기 때문에 고민하지 않은 채 만나보자고 했던 것이다.

실제로 제니퍼 로렌스는 대단히 매력적이었다.

배우로서의 그녀뿐만 아니라 여자로서의 그녀도 정말 매력적이었다. 덕분에 한수는 그녀와 연애를 하면서 새로운 즐거움을 느끼고 있었다.

이번 촬영이 끝나면 또 당분간 서로 바빠서 자주 만날 수 없겠지만 그렇다고 해도 그녀하고는 꾸준히 연락을 주고받을 터였다.

실제로 한수가 제니퍼 로렌스한테 호감을 느끼는 것만큼 제니퍼 로렌스 역시 한수에게 호감을 느끼고 있었고 그에게 빠져들고 있었다.

다만 한 가지 불만이 있었는데 아직 그건 이야기하지 못하고 있었다.

촬영 팀은 아말피 해안에 도착한 뒤 새하얀 집에서 지중해를 내려다봤다.

내셔널 지오그래피에서 선정한 「죽기 전에 꼭 가봐야 할 곳 50곳」 중에서 1위를 차지했던 게 이해될 만큼 아말피를 통해 보이는 지중해는 눈이 부실 정도로 푸르렀고 또 아름다웠다.

한수와 제니퍼 로렌스도 감탄사를 흘렸다. 영상이나 사진으로 보는 것과 실물로 보는 것은 그만큼 차이가 있었다.

그것도 잠시 촬영이 재개됐다.

두 사람은 손을 잡고 천천히 해안가를 따라 올라가기 시작했다.

이곳에는 한수의 은신처가 있었다.

그가 NSA에서 요원으로 활동할 당시 아말피에 들렀다가 은퇴한 뒤 여생을 보낼 목적으로 구입해 둔 자그마한 저택이 있었다.

물론 그건 영화 속 설정이었고 실제로는 집주인과 협의 하에 임시로 빌린 집이었다.

어쨌든 두 사람은 잠시 뒤 근사한 집에 도착할 수 있었다. 그리고 손을 잡고 함께 집 안으로 걸어가는 장면에서 점점 카메라가 멀어졌다.

그리고 푸른 지중해와 새하얀 집들이 점점이 박혀 있는 아말피의 모습이 카메라에 담기며 끝이 났다.

영화의 마지막 신 촬영이 모두 끝난 셈이다.

이제 남은 건 유럽 곳곳에서 자잘한 로케이션 촬영을 이어나가는 것과 미국 본토로 돌아가서 아직 촬영을 덜한 몇몇 신을 추가로 촬영하는 것 그리고 후반 작업 정도가 남아 있었다.

그렇다고 해서 오늘 곧장 아말피를 떠나 그리스로 이동할 생각은 다들 없어 보였다.

촬영도 순조롭게 끝난 만큼 다들 여유를 가지고 쉬고 싶어 했다.

거의 한 달 동안 쉼 없이 강행군으로 달려온 것도 그 이유 중 하나였다.

폴 그린그래스 감독도 스태프들의 마음을 읽었다.

괜히 여기서 무리하게 일정을 가져갈 필요는 없었다.

두 주연배우와 조연 배우들은 웬만해서는 NG를 내지 않고 촬영을 했고 그 덕분에 시간이 크게 단축되었다.

며칠 정도 쉬어갈 여유는 충분히 있었다.

폴 그린그래스 감독의 허락이 떨어지자마자 스태프들은 신난 얼굴로 촬영 장비를 다시 정리정돈 하기 시작했다.

한편 휴식이 주어지자 한수와 제니퍼 로렌스, 두 사람은 어떻게 해야 할까 고민했다.

그들은 지금 바로 이 시간부터 휴식이었다.

제니퍼 로렌스가 한수를 보며 물었다.

"어떻게 할래?"

"음, 해안가나 돌아볼까?"

촬영하는 동안 부쩍 친해진 덕분에 두 사람은 스스럼없이 서로를 대하고 있었다.

처음에야 연애 중인 걸 숨겼지만 나중에 가서는 스태프 모두 그 사실을 알 정도였다. 그만큼 두 사람이 워낙 서로 가까이 붙어 있다 보니 모르려야 모를 수가 없었다.

한수는 제니퍼 로렌스와 함께 해안가로 향했다.

연인답게 다정하게 이동하는 두 사람을 본 관광객들이 고개를 갸웃거렸다.

분명히 어디서 많이 본 얼굴인데 그 사람이 맞나 의구심이 들었기 때문이다.

몇몇 사람은 인근에 카메라가 돌아가고 있는 건 아닌지 확인하곤 했다.

그들은 지금 아말피 해안 쪽으로 가는 두 사람이 영화배우인 걸 눈치챈 사람들이었다.

그러나 한수와 제니퍼 로렌스, 두 명은 사람들의 이목을 뒤로 한 채 손을 마주 잡고 해안가로 향했다.

점점 더 지중해가 가까이 다가오고 있었다.

푸른 바다를 보며 두 사람은 서로를 보고 미소를 지었다.

그렇게 아말피 해안에 도착했을 때 그들은 청량한 바람을 맞으며 입가에 미소를 그렸다. 그때 뒤를 따르고 있던 사이먼이 그 모습을 보며 눈살을 찌푸렸다.

"첫, 한스 저 녀석은 늘 여자가 꼬이는군."

"그럴 수밖에 없지."

"뭐?"

"능력 있고 돈 있고 유명하고 거기에 매너도 있고. 그 정도면 충분히 여자가 꼬일 만하지 않겠어?"

"하, 그건 나도 해당되는 말인데……."

"……너는 맨 마지막이 문제잖아."

다니엘이 고개를 절레절레 저었다.

사이먼이 인상을 구겼다.

그것도 잠시 누군가 두 사람에게 다가가는 모습이 보였다.

사이먼과 다니엘이 발걸음을 빨리했다. 상대가 누구든지 그들은 두 사람의 안전을 최우선시해야 했다.

한수와 제니퍼 로렌스에게 다가온 건 젊은 한국인 여성 관광객 두 명이었다. 그들은 한수를 보자마자 아는 척을 해오며 재잘재잘 떠들었다.

"어머, 여긴 어쩐 일이세요?"

"아, 안녕하세요."

"옆에 계신 분은…… 제, 제니퍼 로렌스 맞죠? 꺄, 대박! 저 언니 팬이에요!"

한눈에 봐도 언니라고 부르기엔 나이가 많아 보였지만 한수는 그러려니 했다.

"두 분은 촬영 때문에 여기 오신 거예요?"

"예, 그렇습니다. 다만 저희가 바빠서 먼저 가보겠습니다."

"잠깐만요. 이렇게 외국에서 만난 것도 신기한 일인데 사진 한 장만 찍어주세요! 네?"

한수는 그녀들을 보며 한숨을 내쉬었다. 그렇지만 영화「버스커」를 봤다면서 팬이라고 하는데 또 그걸 물리칠 수도 없는 노릇이었다.

하는 수 없이 셀카를 찍고 사인까지 찍어준 뒤에야 한수는 두 사람에서 벗어날 수 있었다.

그들 지척까지 이르렀던 사이먼과 다니엘은 상대방이 관광객이라는 걸 알고 난 뒤 지척에서 멈춰 섰다.

두 사람의 데이트를 방해하고 싶은 생각은 없었다.

그 이후 한수는 제니퍼 로렌스와 더불어 아말피 해안을 거

닐었다.

아름답게 빛나는 지중해를 거닐며 분위기는 점점 더 로맨틱해지고 있었다.

실제로 그것을 보여주듯 아까 전보다 곳곳에 연인들이 더 늘어나 있었다. 그리고 그들 모두 한수와 제니퍼 로렌스처럼 해안가를 따라 거니는 중이었다.

뒤늦게 해안가에 도착한 폴 그린그래스 감독과 촬영 감독이 그 모습을 발견했다.

한수와 제니퍼 로렌스 주변에 장관이 펼쳐져 있었다.

수많은 연인이 그들을 따라 해안가를 거닐고 있었는데 이것은 연출만으로는 만들어내기 힘든 정말 자연스러운 모습이었다.

폴 그린그래스 감독이 촬영 감독을 쳐다보며 물었다.

"어때?"

"음, 그림이 참 좋은데요?"

"그렇지? 이걸 엔딩신으로 쓰면 어떨까?"

"……오, 그것도 괜찮겠는데요?"

"카메라는?"

"당연히 챙겨왔죠."

촬영 감독은 곧장 카메라를 들었다. 그리고 아말피 해안을 따라 영상을 촬영하기 시작했다.

아까 전 두 사람이 아말피 해안가에 위치한 집으로 함께 들어가는 것보다 이 신이 보다 더 매력적으로 느껴지고 있었다.

유럽에서 그들은 짧게 짧게 로케이션 촬영을 진행했다.

두 도시에서 촬영을 끝낸 뒤 제니퍼 로렌스는 먼저 미국으로 돌아갔다.

유럽에서 그녀가 촬영할 신은 모두 촬영이 끝났기 때문이다.

그녀를 떠나보낸 뒤 한수는 홀로 남아 마무리 촬영을 끝냈다.

가장 압권이었던 건 시베리아 횡단 열차에서의 격투신이었다.

이때 한수는 중국 국경을 넘어서 막 도주한 상태로 시베리아를 횡단하는 열차를 타고 유럽으로 도망치게 된다. 그리고 프랑스 파리로 가서 맷 데이먼을 만나게 되는 거였는데 시베리아 횡단 열차에서 그를 기다리는 첩보 요원들이 있었다. NSA에서 한수를 잡아들이기 위해 보낸 첩보 요원들이었다.

이때 한수가 이들과 기차 안에서 격투를 벌이는 신이 있었다.

그것 때문에 한수는 시베리아 횡단 열차를 타야 했다.

처음 그가 열차를 탄 곳은 중국의 수도 베이징이었다.

그곳에서 국제 열차를 탄 한수는 몽고의 울란우데를 거쳐 이르쿠츠크로 향할 예정이었다.

그런 다음 이르쿠츠크에서 시베리아 횡단 열차로 갈아타서 모스크바까지 이동해야 했다.

폴 그린그래스 감독이 가장 심혈을 기울여 촬영한 것도 바로 이 열차에서의 격투신이었다.

이 격투신이 이번 영화의 백미였기 때문이다.

문제는 한수가 과연 얼마만큼 뛰어난 연기력을 보여주느냐, 그리고 그동안 익힌 격투술을 그가 얼마나 응용을 잘하느냐 여부였다.

그리고 한수가 전문적으로 격투술을 익힌 엑스트라들을 상대로 기차에서 격투신을 벌이기 시작했을 때 폴 그린그래스 감독은 눈을 휘둥그레 떴다.

군더더기 하나 없이 완벽한 그림을 만들어내고 있었다.

그 후로도 계속해서 자신을 기다리고 있던 첩보 요원들을 상대로 엄청난 모습을 보여주던 한수는 그들을 모두 깔끔하게 때려눕혔다.

동시에 폴 그린그래스 감독이 목청껏 외쳤다.

"컷!"

이번에도 원 테이크로 촬영이 끝이 났다.

한수는 숨을 길게 내쉬었다.

폴 그린그래스 감독이 그런 한수에게 걸어와서 어깨를 두드렸다.

"고생했어. 진짜 무슨 첩보조직에서 활동한 건 아니겠지?"

"예? 그런 적은 없습니다. 물론 SAS에 대해서는 잘 알고 있죠."

"하하, 저 두 사람 때문인가?"

"뭐, 그것도 있고. 이제 이곳 기차에서의 촬영은 모두 끝이 난 겁니까?"

폴 그린그래스 감독이 고개를 끄덕였다.

"그래. 이곳 촬영은 다 끝났어. 그럼 미국으로 돌아가자고."

"예."

처음 파리에 온 게 3월 초였고 지금 미국으로 떠날 때가 4월 초였으니 유럽에서의 촬영만으로 무려 한 달이 훌쩍 지난 셈이었다.

특히 시베리아 횡단 열차에서의 촬영이 보름 가까이 소요되었다.

이제 남은 건 미국에서 마저 촬영을 끝내는 것뿐이었다.

짝짝짝!

박수갈채가 쏟아졌다.

유럽에서의 촬영은 순조롭게 마무리되었다. 모든 신 작업이 끝이 났다. 이제 남은 건 미국으로 건너가서 촬영을 하는 것이었다.

유럽에서의 모든 촬영이 끝난 뒤 폴 그린그래스 감독은 한수와 제니퍼 로렌스, 두 사람을 극찬했다.

두 사람이 기대 이상의 모습을 보여줬기 때문에 이렇게 촬영이 순조롭게 마무리될 수 있었다.

생각 외로 촬영이 순조롭게 마무리된 덕분에 제작비도 어느 정도 절감할 수 있었다.

그렇게 유럽에서의 촬영이 끝난 뒤 한수는 곧장 미국으로 이동했다.

이제부터는 미국에서 촬영을 계속 이어나가야 했다.

물론 대부분의 촬영은 할리우드에 미리 설치해 둔 세트장에서 이루어질 예정이었다.

그렇다고 해도 얼마나 걸릴지는 일단 찍어봐야 알 수 있는 일이었다.

결국 한수는 제작사에서 얻어준 저택에서 머무르기로 했다. 버버리힐즈에 위치해 있는 고급 저택으로 앞으로도 종종 영화 촬영을 위해 할리우드에 올 일이 많아질지도 모르는 만큼 한수는 이곳의 저택 하나를 사들일까 고민하고 있었다.

그때 한수는 제작사에 추가로 요구한 게 하나 있었는데 그것은 저택 안에 그랜드 피아노가 구비되어 있을 것이었다.

영화 촬영과 함께 올해 10월에 있을 쇼팽 국제 피아노 콩쿠르에 출전하는 것을 목표로 준비에 들어갈 생각이었다.

한수는 미국에 머무르며 촬영이 없는 날에는 버버리힐스에서 살고 있는 여러 배우와 인맥을 다질 수 있었다.

벤 에플렉이 자신의 지인들을 소개시켜 줬고 또 그 지인들의 지인들과 연결이 되며 인맥이 두터워지게 된 것이다.

그들은 한수의 방대한 지식과 박학다식함에 놀랐고 또 그와 스포츠를 즐기거나 혹은 다른 무언가를 할 때마다 한수의 완벽함에 놀랄 수밖에 없었다.

그리고 이런 스타들이 한수의 집에 초대되어 놀러 왔을 때 관심을 보인 건 거실 한복판에 놓인 커다란 그랜드 피아노였다.

마블 영화 「토르: 라그나로크」에 토르의 이복동생 로키 역할로 나온 적 있는 톰 히들스턴이 한수에게 그랜드 피아노를 가리키며 물었다.

"한스, 저 피아노는 한스 것입니까?"

"제 소유는 아니지만 대여한 겁니다."

"피아노는 어쩐 일로……."

"올해 열리는 쇼팽 국제 피아노 콩쿠르에 출전할 생각이거든요."

"……네?"

톰 히들스턴이 어처구니없는 얼굴로 한수를 바라봤다.

그러자 벤 에플렉이 어깨를 으쓱거리며 말했다.

"진짜야. 이번에 출전할 거라고 하더라고. 예전 일 때문이라는데 자세하게는 모르겠고. 뭐, 어쨌든 출전할 거야."

"한번 들어볼래요?"

그때 옆에 서 있던 제니퍼 로렌스가 눈웃음을 그리며 물었다.

그녀는 한수와 부쩍 가까워진 이후 한수 집에 찾아오는 빈도가 늘었다. 집도 워낙 가깝다 보니 이건 사실상 동거에 가깝게 지내고 있다 봐야 했다.

톰 히들스턴은 제니퍼 로렌스를 보며 물었다.

"그렇게 잘 쳐?"

"그렇다니까요. 한번 들어봐요."

한수는 제니퍼 로렌스가 자신을 띄우는 말에 어깨를 으쓱하며 피아노 앞에 앉았다.

톰 히들스턴을 비롯한 배우들은 팔짱을 끼고 흥미로운 눈빛을 한 채 한수를 바라보기 시작했다.

과연 그가 어떤 연주를 보여줄지 흥미가 돋았다. 한수가 선곡한 건 당연히 쇼팽의 피아노 독주곡이었다.

그가 선택한 곡은 Nocturne Op.9로 개중에서도 가장 흔하게 연주된 Nocturne in E flat major, Op.9, No.2였다.

쇼팽의 모든 걸작 중에서도 높은 위치를 차지하고 있는 이

독주곡은 밤의 기분을 그대로 느끼게 해주는 감미로우면서도 차분한 음악이었다.

그리고 쇼팽의 야상곡하면 누구나 떠올리는 연주곡이기도 했다.

한수가 섬세한 터치로 피아노 건반을 두드리기 시작했을 때 톰 히들스턴은 순간 무언가 보이지 않는 손이 자신의 심장을 움켜쥐는 느낌을 받았다. 그리고 한수의 연주가 계속되면 계속될수록 그는 마치 달빛이 부서지는 것 같다는 생각이 들었다.

그 정도로 한수가 만들어내는 선율은 놀라울 정도로 아름답고 감미로우면서 또 귀에 익은데 그렇지 않은 것 같은 느낌마저 들 정도였다.

4분 46초의 연주가 끝난 뒤 톰 히들스턴은 자신도 모르게 박수갈채를 보냈다.

그동안 숱하게 들은 Nocturne in E flat major, Op.9, No.2였다.

가게에서도 흔히 틀어놓는 클래식 음악이었다. 그러나 지금 자신이 듣는 이 연주는 그것을 초월한 것만 같았다. 그 정도로 귀를 자극하는 무언가가 있었다.

그것 때문에 온몸에 자극이 흘러 전율이 올 정도였다.

"브라보!"

톰 히들스턴이 격정적으로 외쳤다.

한수가 웃으며 말했다.

"듣기에 좋나요?"

"그럼. 말로 다 못 할 정도야. 대단해. 진짜 한스, 자네는 못 하는 게 없군. 못 하는 게 있다면 그게 뭔지 궁금해질 정도야. 하하."

"글쎄요. 음, 일단 아직 저는 춤을 잘 못 춥니다."

"뭐라고? 자네가 춤을 못 춘다고?"

전 세계적인 축구 선수일 뿐 아니라 테니스 실력도 출중한 것으로 알려져 있다.

그런 한수인데 정작 춤을 못 춘다고?

납득하기 어려운 일이었다.

톰 히들스턴이 고개를 갸웃거렸다.

그때 한수의 무대를 휴대폰으로 녹화하던 몇몇 배우가 있었다.

자신의 스냅챗이나 인스타그램에 올리기 위함이었다.

그리고 그 영상은 곧 공유되어 다른 곳에도 퍼지기 시작했다.

쇼팽 국제 피아노 콩쿠르 협회는 스냅챗에 올라온 영상 하나를 확인하고는 고개를 절레절레 저었다.

꽤 오래전에만 해도 한수의 피아노 실력은 투박한 면이 있었다.

한수가 피아노를 친 게 대중에게 알려진 건 노엘 갤러거와 함께 맨체스터 아레나에서 했던 공연 때문이었다.

그때 한수는 진정하지 못하고 돌아가지 못하던 관객들을 위해 그랜드 피아노를 공수해서 「월광(Moonlight)」을 연주했다.

그러나 그때 한수는 클래식에 대한 경험치가 그렇게 많은 편은 아니었고 실제로 연주도 다소 미숙한 점이 없지 않아 있었다.

그러나 그곳에 모인 팬 대부분은 락(Rock) 팬이었고 그들 입장에서 한수는 클래식 가이라는 생각이 들 만큼 뛰어난 연주 실력을 선보였었다.

그게 문제였다.

그 날 한수가 연주한 피아노 연주가 유튜브 등을 통해 퍼지면서 잡음이 일어났다.

일부 클래식 팬들이 한수의 연주를 싸잡아 낮게 평가했고 또 락 팬들이 거기에 반발하고 나섰다.

그러다가 꽤 유명한 클래식 비평가 한 명이 싸지른 댓글이 꺼져가던 도화선에 불을 지피고 말았다.

한수의 연주 실력은 쓰레기에 가까울뿐더러 그가 쇼팽 국제 피아노 콩쿠르에 나오면 우승할 수 있다고 주장하는 팬들을 무식하다고 조롱하면서 디비디 예심도 통과가 불가능하다고 싸잡아 비난한 것이었다.

이것이 이 모든 일이 시작된 원흉이었다.

그리고 쇼팽 국제 피아노 콩쿠르가 열리는 2020년 올해 대중들의 관심은 이 대회에 쏠려 있었다.

과연 강한수는 쇼팽 국제 피아노 콩쿠르에 출전해서 그 비평가의 오만한 콧대를 누를 것인가 아니면 출전하지 않을 것인가.

그러나 한수가 할리우드 영화에 출연하면서 사람들은 한수가 출전하지 않을 수도 있다는 것에 무게를 두기 시작했다.

영화 촬영 중인데 피아노 콩쿠르까지 나가는 건 사실상 불가능했기 때문이다.

하지만 바로 어제 스냅챗과 인스타그램 등을 공유된 영상 하나가 불씨를 다시 피워 올렸다.

이미 수십만 건 넘게 공유된 이 영상은 인기 영상에 올라 있었다.

그것은 바로 한수가 자신의 집에서 Nocturne in E flat major, Op.9, No.2를 연주하는 모습이 녹화된 것이었다.

톰 히들스턴, 벤 에플렉, 제니퍼 로렌스 등을 비롯한 여러 배우가 모여 있는 가운데 한수의 연주가 그들을 휘감았고 그 연주 영상이 올라오자 또 한 번 락 팬과 클래식 팬 사이에 말싸움이 오고가기 시작했다.

그러나 지난번과 다르게 이번에는 락 팬들이 우세를 점했다.

그때 연주했던 것과 이번에 한수가 연주했던 것에는 그 정도로 실력 차이가 어마어마하게 났기 때문이다.

클래식 팬들도 한수의 연주를 인정하는 제스처를 취하고 있었다.

그 정도로 한수의 피아노 연주 실력은 일취월장했던 것이다. 쇼팽 국제 피아노 콩쿠르 협회에서 오늘 급작스럽게 모인 것도 그것 때문이었다.

"정말 놀랍군요. 맨체스터 아레나에서 연주한 게 재작년 일이긴 하지만 그 짧은 시간 동안 이렇게 성장할 줄은 전혀 생각지도 못했습니다."

"저도 마찬가지입니다. 그렇다고 피아노에만 온전히 시간을 쏟을 수도 없었을 텐데 어떻게 이게 가능한 일일까요? 놀랍군요."

중년 남자가 고개를 절레절레 저었다. 아무리 생각해봐도 신기한 일일 수밖에 없었다.

왜냐하면 그 2년 동안 강한수가 피아노 연습에만 온전히 시간을 쏟은 게 아니었기 때문이다.

그동안 그는 맨체스터 시티에서 축구 선수로 뛰었으며 그 이후에는 한국과 미국 등에서 영화 촬영 때문에 한창 바쁜 것으로 알고 있었다.

그랬기에 그들은 한수가 쇼팽 국제 피아노 콩쿠르에 출전하지 않을 거라고 생각했다.

하지만 지금 상황을 보건대 한수가 쇼팽 국제 피아노 콩쿠르에 출전하리라는 건 거의 기정사실화된 상태였다.

"그렇다고 참가를 막을 수는 없는 일 아닙니까?"

DVD 예심 참가에는 그 제한이 없다. 오로지 연주만 놓고 봐야 한다. 그렇기 때문에 만약 한수가 참가한다고 한들 그들로서는 반대할 명분이 없어지는 셈이다.

"그래도 쟁쟁한 참가자들이 많이 참가하기로 한 만큼 한수강의 우승은 어려울 겁니다."

"……후, 만약 강한수가 우승을 해버린다면……."

"그러면 그건 또 그거 나름대로 괜찮은 일 아니겠습니까?"

중년 남자가 넌지시 말했다.

가장 상석에 앉아 있던 노년의 여성이 눈매를 좁히며 물었다.

"알프레드, 그게 무슨 뜻이죠?"

"말 그대로입니다. 클래식 업계는 가뜩이나 침체되어 있습니다. 그 와중에 저런 초신성이 등장해 준다면 우리에게는 더할 나위 없이 좋은 일 아니겠습니까?"

"그가 계속 피아노 협연을 다니겠습니까?"

"어떻게든 그렇게 되도록 만들어야겠죠."

"골칫덩어리군요. 장 피에르 교수는 어떻게 하고 있답니까?"

"……그도 꽤 곤혹스러워하는 것 같더군요. 허허."

알프레드가 헛기침을 흘렸다.

장 피에르 교수는 한수가 맨체스터 아레나에서 「월광(Moonlight)」을 연주했을 때 그것을 신랄하게 비판했던 바로 그 비평가였다.

프랑스에서 클래식 교수를 역임하고 있는 그는 어제 스냅챗에 올라와서 전 세계에 퍼진 그 영상 때문에 대단히 곤혹스러워하고 있었다.

오늘 강의 때문에 대학교에 나갔다가 제자들로부터 강한수의 연주가 어땠는지 집요하게 물어보는 탓에 엄청나게 시달렸기 때문이다.

장 피에르 교수는 결국 강의 도중 한수의 연주를 직접 봐야 했고 그 역시 헛기침만 흘릴 뿐 아무 말도 하지 못했다.

명백히 이건 사기가 아닌가 의심될 정도로 그때와 비교해서 한수의 연주가 엄청나게 좋아졌기 때문이다.

그 이후로도 집요하게 묻는 제자들 때문에 결국 장 피에르 교수는 지금 한수의 실력이라면 포디움 안에 드는 것도 문제는 없을 것이라고 평가를 내려야 했다.

포디움, 그러니까 4위 안에 들어갈 수 있다고 평가를 내린 것이었다.

완전 쓰레기에 가깝다고 2년 전 혹평했던 것과는 차원이 다를 정도의 평가였다.

"장 피에르 교수 때문에 일이 이렇게 커진 거 아닙니까? 그가 입, 아니, 손가락을 너무 쉽게 놀렸어요."

"그도 많이 후회하고 있더군요. 자꾸 그를 치켜세우는 것 때문에 성질이 나서 그랬다는데…… 사실 그래서는 안 되는 일이었죠."

알프레드가 혀를 찼다.

어쨌든 주사위는 이미 던져진 일이었고 강한수는 이번 쇼팽 국제 피아노 콩쿠르에 출전할 것이 유력해 보였다.

이제 남은 건 그의 연주를 순수한 피아니스트로 지켜보는 것뿐이었다.

촬영은 생각보다 길어지고 있었다.

우선 뉴욕 도심에서 일어난 추격신이 있었다.

폴 그린그래스 감독의 영화라면 으레 등장하는 자동차 추격신인데 이 촬영이 가장 큰 문제였다.

보통 1주에서 2주면 촬영이 끝나게 마련인데 지금 이 추격신은 한 달이 다 되어가도록 촬영을 끝내질 못하고 있었다.

그것 때문에 다들 신경이 잔뜩 날카로워진 상태였다.

그래도 촬영은 끝까지 계속되어야만 했다.

뉴욕에서의 택시 추격신뿐만 아니라 이곳에서 한수는 첩보 요원들과 여러 차례 격투신도 벌였다.

개중에는 엘리베이터에서 한수를 때려눕히려는 여러 첩보 요원과 격투를 벌이기도 했는데 폴 그린그래스 감독은 한국 영화에서 영감을 얻어 이 장면을 구상해냈다고 은근슬쩍 밝히기도 했다.

그렇게 촬영이 계속되는 동안에도 한수는 클래식 연습을 멈추질 않았다.

얼마나 한수가 빡빡하게 시간을 썼으면 폴 그린그래스 감독이나 제니퍼 로렌스 등 다른 사람들이 그런 한수를 걱정할 정도였다.

그러나 목표를 설정해 둔 이상 그 목표를 이뤄야 한다고 한수는 생각하고 있었다.

그러는 사이 시간이 훌쩍 지나갔다.

어느새 2020년도 상반기가 끝나고 하반기에 접어들고 있었다.

그리고 한수는 쇼팽 국제 피아노 콩쿠르에 출전하기 위해 DVD 녹화를 준비하기 시작했다.

쇼팽 국제 피아노 콩쿠르 DVD예심에 지원하기 위함이었다.

CHAPTER 4

쇼팽 국제 피아노 콩쿠르 협회는 얼마 전 도착한 등기 우편을 재차 확인했다.

발신자의 이름은 Han su Kang, 등기를 보낸 지역은 로스앤젤레스였다.

협회 위원들은 한자리에 모였다.

강한수. 그가 보낸 DVD 동영상을 확인해야 했다.

여기서 합격을 하면 160명의 예선 참가자 중 한 명이 될 수 있다.

그들이 심호흡을 하며 등기 봉투를 개봉했다.

협회 위원 중 한 명인 알프레드가 다른 사람들을 둘러보며 입을 열었다.

"우리는 공정하게 이번 심사를 진행해야 합니다. 그 점을 잊지 말아주십시오."

"물론입니다. 사적인 감정으로 심사하진 않을 겁니다."

"당연합니다."

다들 고개를 끄덕였다. 그리고 그들은 곧장 DVD 영상을 재생했다.

화면 속에는 LA의 저택에서 피아노를 연주 중인 한수가 나오고 있었다.

그들은 영상을 통해 한수의 연주를 지켜보기 시작했다.

모든 연주가 끝난 뒤 심사 위원 세 명은 모두 침묵에 쌓인 채 아무 말도 꺼내지 못했다.

"음, 다들 어떻게 보셨습니까?"

뒤늦게 말을 꺼낸 건 심사위원 알프레드였다.

다른 두 명이 한참이 지난 뒤에야 조심스럽게 입을 열었다.

"……대단하네요. 생각했던 것 이상입니다."

"사람의 심금을 울리는 대단한 연주였습니다."

둘 다 감탄을 멈추질 못했다.

그때 알프레드가 두 사람을 보며 눈살을 찌푸렸다.

그가 나지막한 목소리로 물었다.

"방금 전 한스의 연주, 제대로 못 보셨습니까?"

"예? 아닙니다. 제대로 봤습니다."

"그럼 보셨을 텐데요. 단 한 번의 실수도 없었습니다."

"……예? 그럴 리가요. 제아무리 뛰어난 피아니스트라고 한들 사소한 실수 한두 번쯤은 저지르게 마련입니다."

"아뇨. 한스는 단 한 번도 실수를 저지르지 않았습니다. 그래서 저는 더 소름이 돋더군요. 그는 이번 콩쿠르를 제대로 저격하기 위해 연습을 해온 게 분명합니다."

콩쿠르는 콘서트와 다르다.

콩쿠르의 최대 목표는 얼마나 똑같이 연주하느냐다.

음표에 맞게 연주를 해야 하기 때문에 그만큼 실수가 있어서는 안 된다.

그런데 방금 전 한수가 보여준 연주는 무시무시한 것이었다.

단 한 차례의 실수도 없이 정교하게 연주하는 모습은 흡사 컴퓨터를 보는 것 같았다.

간혹 강한수가 알고 보니 인공두뇌가 탑재된 A.I가 아니냐는 말도 안 되는 헛소문이 나오는 것도 그런 이유에서였다.

그러나 오늘 한수의 연주를 본 뒤 알프레드는 진짜 그 헛소문이 사실인 게 아닌가 하는 생각이 들었다.

그 정도로 한수의 연주 실력은 압권이었다.

이 정도면 이번 2020년 쇼팽 국제 피아노 콩쿠르에 참가한 예선 참가자 중에서도 단연 톱이라고 할 수 있었다.

'하, 정말 로큰롤 보이가 클래식의 정점에 오르는 건가?'

알프레드는 혀를 찼다. 그것도 잠시 그가 다른 두 명을 보며 물었다.

"결정은 내리셨습니까?"

두 사람은 말없이 고개를 끄덕였다. 알프레드도 웃으며 말했다.

"만장일치로 합격이군요."

그렇게 한수의 본선행이 확정되었다.

쇼팽 국제 피아노 콩쿠르 예선에 참가할 160명의 예선 참가자가 결정이 되었다.

그 명단에는 대한민국의 강한수도 포함되어 있었다.

강한수뿐만 아니라 대한민국에서는 일곱 명의 피아니스트가 예선 참가가 확정이 되었다. 하지만 사람들의 이목이 집중된 건 역시 강한수였다.

2년 전에만 해도 사람들은 그가 쇼팽 국제 피아노 콩쿠르에 참가할지 말지로 말들이 많았다.

대부분은 그가 쇼팽 국제 피아노 콩쿠르에 참가하지 않을 것으로 내다봤다.

당시 그와 그의 팬들이 굴욕을 당했던 건 사실이었다. 그렇다고 해서 그게 쇼팽 국제 피아노 콩쿠르에 참가할 만큼 문제였던 건 아니었다.

하지만 2년이 지난 뒤 한수는 보란 듯이 쇼팽 국제 피아노 콩쿠르에 참가했고 DVD 예선에서 만장일치로 합격하는 쾌거를 올렸다.

당연히 또 한 번 논쟁이 일어났다.

과연 강한수는 이번 쇼팽 국제 피아노 콩쿠르에서 우승할 수 있을지 아니면 우승이 불가능할지 그에 관해 이야기가 오고 간 것이다.

대부분의 클래식 팬들은 한수가 DVD 예선을 통과한 건 대단한 일이지만 그렇다고 해서 그가 우승할 수 있다는 건 아니라고 못을 박았다.

스냅챗을 통해 퍼진 영상이 화제가 되었지만 그 단편적인 것만으로는 우승 확률을 논하는 게 무의미하다고 못을 박아버린 것이다.

하지만 일부 클래식 팬들은 한수가 충분히 우승을 노려볼 수 있다고 이야기하기 시작했다.

그리고 한수를 신랄하게 깎아내렸던 장 피에르 교수.

그가 한수가 우승할 수도 있다고 발언하면서 파장을 낳았다.

2년 전까지만 해도 한수의 연주 실력은 프로 피아니스트가 보기엔 어설펐던 게 사실이지만 지금 한수는 그야말로 괄목상대라는 말이 어울릴 정도로 성장해 있었기 때문이다.

그것을 생각한다면 이번 쇼팽 국제 피아노 콩쿠르에서 우승하는 것도 불가능하진 않다는 게 그의 의견이었다.

그렇게 엎치락뒤치락하는 동안 한수는 바르샤바로 떠날 준비를 하기 시작했다.

예선에 참가하려면 바르샤바로 넘어가야 했다.

그리고 본선 최종 라운드가 끝날 때까지 바르샤바에 머무를 필요가 있었다.

아직 영화 촬영은 완전하게 마무리되지 않은 상태였다.

하지만 한수는 자신이 필요한 신은 전부 다 찍어뒀고 그가 없어도 영화 촬영에는 지장이 없었다.

쇼팽 국제 피아노 콩쿠르에 참가할 수 있었던 것도 자신 없이도 영화 촬영에 문제가 없음을 알고 있어서였다.

물론 영화 촬영이 끝난 뒤 후반 작업을 할 때는 한수 역시 할리우드에서 머물러야 했다.

후반 작업 도중 재촬영이 필요하거나 혹은 따로 녹음을 다시 해야 하는 일이 생길 수도 있기 때문이었다.

어쨌든 한수는 할리우드에서 폴 그린그래스 감독을 만날 수 있었다.

반년 동안의 촬영 동안 그는 살이 빠져서 홀쭉해져 있었다. 그동안의 촬영이 얼마나 고된 강해군이었는지 보여주는 모습이었다.

"한스, 이야기는 들었네. 이번에 DVD 예심에 통과했다지?"

"예, 그래서 3주 동안 바르샤바에서 머물러야 할 거 같아요. 작별 인사 때문에 찾아왔습니다."

"3주 동안 바르샤바에 머무르겠다는 건 우승하겠다는 뜻이로군."

한수가 웃으며 대답했다.

"그렇습니다. 이왕 참가한 거 우승까지는 노려봐야죠."

"하하, 정말 자네는 얼마나 많은 복을 갖고 태어난 건지 가늠이 안 될 정도로군."

"그런가요?"

"하는 일마다 전부 최고의 위치에 오르고 있으니 누구라도 그런 생각을 할 법하지 않겠는가?"

"……과찬입니다."

"과찬이긴. 어쨌든 자네가 우승하겠다고 이렇게 선언했으니 좋은 소식을 기다리고 있겠네."

"감사합니다, 감독님."

"아, 내가 알기로 수상자들은 경연 이후 갈라 콘서트를 한 다음 세계 각국을 돌면서 연주를 해야 한다고 들었는데 그건 어떻게 할 건가? 아직 촬영은 전부 다 끝난 게 아니라네."

폴 그린그래스 감독이 우려 섞인 목소리로 묻는 말에 한수가 대답했다.

"걱정하지 않으셔도 됩니다. 갈라 콘서트가 끝나는 대로 돌아올 예정입니다."

한수는 애초에 피아니스트가 될 생각이 없었다.

이번에 쇼팽 국제 피아노 콩쿠르에 참가하는 건 어디까지나 팬들을 위해서였다.

자신의 노래와 연주를 듣고 좋아하던 팬들을 위해 그들을 비웃고 힐난하던 클래식 팬들의 콧대를 눕히기 위함일 뿐 다른 이유는 없었다.

폴 그린그래스 감독이 악수를 내밀었다.

"한스, 그럼 건투를 비네."

"예, 감독님. 다녀와서 뵙겠습니다."

한수는 다시 버버리힐스로 돌아왔다. 그리고 폴란드로 떠나기 위해 짐을 꾸릴 때였다.

문을 두드리는 소리가 있었다. 그를 찾아온 건 제니퍼 로렌스였다.

"제니퍼?"

"오늘 떠나는 거야?"

"내일 비행기로 떠날 거야."

"……3주 동안 있어야 하는 거지?"

"그보다 조금 더 길어질 수도 있어."

갈라 콘서트까지 생각하면 한 달까지 체류 기간이 더 길어질 수도 있었다.

제니퍼가 아쉬운 얼굴로 한수를 바라봤다.

한창 깨가 쏟아지던 연애 중이었는데 갑자기 한수가 떠난다고 하니 그녀 입장에서는 서운할 수밖에 없었다.

그러나 제니퍼 로렌스는 최근 또 다른 영화 촬영도 병행 중이었기 때문에 이곳에서 쉽사리 몸을 뺄 수 없었다.

즉, 그녀는 한수 뒤를 쫓아올 수 없다는 것이었다.

한수가 그런 제니퍼 로렌스를 토닥였다.

“괜찮아. 한 달이면 돌아올 거야.”

“우승하고 올 거지?”

“응. 그래야지, 우승해야지.”

제니퍼 로렌스가 밝게 웃으며 말했다.

“꼭 우승하고 와야 돼. 안 그러면 안 만나줄 거야.”

“……무조건 우승해야겠는데?”

한수는 멋쩍은 얼굴로 머리를 긁적였다.

그전까지만 해도 승부욕이 딱히 많은 건 아니었다면 지금은 어떻게 해서든 쇼팽 국제 피아노 콩쿠르에서 우승해야겠다고 다짐하게 된 상태였다.

“저녁이라도 먹고 갈래?”

“그래도 돼?”

제니퍼 로렌스가 미소를 지었다. 그녀도 다니엘이나 사이먼처럼 한수의 요리에 푹 빠져 있었다.

처음 한수의 요리를 맛본 건 그와 벤 에플렉, 맷 데이먼을 자신의 집으로 초대했을 때였다.

그 이후로 줄곧 한수의 요리에 푹 빠져 지냈던 제니퍼 로렌스는 틈만 나면 한수 집에 찾아와서 그와 함께 요리를 해먹곤 했다.

그 덕분에 다니엘과 사이먼만 죽을 지경이었다.

두 사람이 보여주는 알콩달콩한 애정 때문이었다.

"오늘도 왔네요."

"반가워요, 다니엘. 한스가 만들어준 저녁이 먹고 싶어서요."

"잘됐네요. 마침 저녁 먹으려던 참이었거든요."

다니엘이 어깨를 으쓱했다. 그때 사이먼이 툴툴거렸다.

"앞으로 한 달 동안 한스가 만든 요리는 못 먹겠군. 하하."

자신을 비웃는 듯한 그 목소리에 제니퍼 로렌스가 눈매를 좁히며 물었다.

"두 분은 한스하고 같이 가는 거죠?"

두 사람이 힘주어 대답했다.

"그럼요. 우린 한스의 보디가드입니다. 어딜 가든 함께 가야죠."

폴란드의 수도 바르샤바.

바르샤바에 있는 국제공항은 이름부터 바르샤바 프레데리크 쇼팽 공항(Warsaw Frederic Chopin Airport)이라고 불린다.

폴란드의 수도 바르샤바 오케치에 지구에 있는 국제공항으로 쇼팽 공항이라 불린다는 것 자체가 쇼팽이 폴란드에서 갖고 있는 비중이 얼마나 큰지 알려주는 것이다.

그리고 이곳 바르샤바 쇼팽 공항에는 최근 들어 적지 않은 기자들이 입국 중에 있었다.

5년마다 열리는 쇼팽 국제 피아노 콩쿠르 때문이었다.

또한 그들은 바르샤바 쇼팽 공항에 입국 중인 피아니스트들을 꼼꼼히 취재 중에 있었다.

특히 우승 후보로 거론되고 있는 몇몇 피아니스트는 집중적으로 취재하곤 했다.

그러나 여기 모인 대부분의 기자들이 보고 싶어 하는 피아니스트는 단 한 명이었다.

아니, 그를 피아니스트라고 부를 수 있는 건지는 모르겠지만 어쨌든 그 역시 이번 DVD예심 통과자였고 또 예선에 참가하기로 최종 결정된 피아니스트인 건 맞았다.

그때였다. 웅성거리는 소리가 커졌다.

이미 그 안쪽에서부터 소요가 일어난 게 분명했다.

비명도 터져 나왔다. 카메라 플래시가 터지는 소리도 간혹 들렸다.

기자들이 침을 꿀꺽 삼켰다. 그들이 일찍 폴란드에 입국한 건 다른 이유에서가 아니었다.

단 한 사람. 그를 집중 취재하기 위함이었다.

그리고 그가 드디어 모습을 드러냈다.

록 밴드의 기타리스트이자 보컬리스트로 맹활약하다가 어느 날 갑자기 축구 선수가 되어버렸고 지금은 영화배우로 맹활약 중인 천재 중의 천재.

못 하는 게 없다고 알려진 21세기의 레오나르도 다빈치.

강한수.

그가 클래식마저 정복하기 위해 드디어 이곳 바르샤바 쇼팽 공항에 모습을 드러냈다.

한수는 쇼팽 국제 피아노 콩쿠르가 열리는 바르샤바 필하모닉 인근에 있는 호텔에서 머무르고 있었다.

사이먼과 다니엘이 투덜거리며 말했다.

"어후, 진짜 장난 없네. 기자들은 늘 뭐가 그렇게 난리법석인 건지."

"그럴 수밖에 없지. 세계적인 록 밴드의 보컬리스트가 클래식 업계를 정복하겠다고 선언하고 2년 만에 그 약속을 지키러

온 셈이잖아. 그들 입장에서는 강한수가 몽골군처럼 보일걸?"

"그러려나?"

사이먼이 어깨를 으쓱거렸다. 다니엘의 비유는 꽤 적절했다.

몽골군은 서역을 정복하기 위해 기마군단을 파병했고 당시 몽골군은 엄청난 기마술을 바탕으로 서역을 삽시간에 쑥대밭으로 만들었다.

폴란드는 그 몽골군에게 막대한 피해를 입었던 서역의 국가 중 한 곳이었다.

가장 큰 피해를 입은 곳은 러시아였고 폴란드도 계속된 전쟁에 시달려야 했다.

특히 몽골 제국의 1차 원정 때 폴란드는 국토 전역이 초토화되었을 만큼 극심한 피해를 입기도 했다.

다니엘은 지금 그것을 빗대어 이야기한 것이었다.

실제로 몇몇 폴란드 언론에서는 강한수를 가리켜 침략자로 공공연히 표현하고 있기까지 했다.

한수는 그 편견을 이겨내고 예선과 3차례의 본선 그리고 최종전까지 치러야만 했다.

분명히 그것은 쉬운 일이 아닐 터였다. 그렇지만 자신이 없었으면 애초에 이곳까지 오지도 않았을 터.

그때 사이먼이 한수를 보며 물었다.

"예선은 언제부터야?"

"내일모레부터 예선에 들어갈 거야."

"그럼 내일 하루 시간이 비네? 내일은 호텔에서 머물 거야?"

"아니, 내일은 한번 가볼 데가 있어."

"가볼 곳이 있다고? 그게 어딘데?"

한수가 웃으며 입을 열었다.

"젤라조바 볼라라는 곳에 가보려고."

다니엘이 눈을 휘둥그레 뜨며 물었다.

"혹시 쇼팽의 생가가 있는 곳 아니야?"

"맞아. 예선을 치르기 전 한 번 갔다 오고 싶었어."

한수가 웃으며 대답했다.

다니엘이 미소를 지은 채 입을 열었다.

"좋은 생각이야. 한번 가보자고."

다음 날 오전 세 사람은 일찍 바르샤바 중앙역으로 향했다.

그곳에서 기차를 탄 뒤 세 사람은 소하체프(Sochaczew) 역에 도착했다. 그런 뒤 버스로 갈아타고 젤라조바 볼라를 향해 움직이기 시작했다.

점점 더 시골로 들어오면 들어올수록 인적은 드물었다.

그 와중에 그들 세 사람이 돌아다니는 건 다른 사람들의 이목을 끌기에 충분했다.

한수는 능숙한 폴란드어로 지나가는 사람에게 길을 물었고 그들은 얼마 지나지 않아 쇼팽의 생가에 도착할 수 있었다.

생가 옆에는 쇼팽의 두상이 조각된 채 놓여 있었다.

생가 뒤뜰에는 쇼팽 기념상이 세워져 있었는데 폴란드를 상징하는 색깔인 빨간색과 흰색의 꽃으로 아름답게 장식되어 있었다.

그들은 정원으로 들어섰다.

정원에서는 폴로네즈, 마주르카 등 쇼팽의 음악이 은은하게 흘러나오고 있었다.

그들은 관리인의 안내를 받고 쇼팽 생가 안에 들어섰다.

그 안에는 쇼팽 가족의 초상화와 낡은 갈색 피아노, 그리고 몇몇 악보 등이 전시되어 있었다.

그때 한수는 그들보다 한발 앞서 쇼팽 생가를 둘러보고 있던 한 사내를 마주할 수 있었다.

큰 키에 까만색 머리카락인 그는 중국인이었다.

상대는 한수를 알아본 듯 눈을 동그랗게 떴다. 그가 한수를 보며 영어로 물었다.

"한스, 맞습니까?"

"예, 맞습니다."

"만나서 반갑습니다. 예비선발을 앞두고 이곳에 오셨나보군요."

"……당신도 쇼팽 국제 피아노 콩쿠르 참가자로군요."

"그렇습니다. 우승을 차지하기 위해 이곳에 왔습니다."

그가 자부심 넘치는 목소리로 대답했다. 한수가 그를 보며 물었다.

"당신의 이름은 어떻게 되죠?"

"리위한입니다. 편하게 리라고 불러도 좋습니다."

"그렇군요."

"그럼 저는 먼저 돌아가 보겠습니다. 이곳에 온 지 꽤 됐거든요. 필하모닉에서 뵙죠."

리위한이 먼저 쇼팽의 생가를 떠났다.

한수는 가만히 그를 바라봤다.

한눈에 봐도 범상치 않은 실력자인 듯했다. 그냥 자연스럽게 그런 게 느껴지고 있었다.

그것도 잠시 리위한이 떠난 뒤 한수는 천천히 쇼팽의 생가를 돌아보며 그 여운에 빠져들었다.

그리고 그는 다시 바르샤바로 돌아왔다.

이제 내일 있을 예비선발을 치를 준비를 해야 했다.

예비선발은 세계 각국에서 모인 160명을 고르고 골라내는 작업이다.

이들 모두 DVD 예선심사 혹은 추천장을 통해 첫 단추를 알맞게 꿰맨 이들이다.

그 160명은 한 사람당 10분씩 과제 곡을 친 다음 일주일에 걸쳐 심사를 받게 된다. 그리고 여기서 살아남은 최후의 80명만이 본선 무대에 출전할 수 있게 된다.

한수는 자신의 차례를 기다리고 있었다.

오늘부터 시작되는 예비선발 무대, 한수는 10분 동안 과제 곡을 쳐야 했다.

그가 첫 곡으로 고른 건 에튀드 C장조 작품 10-7이었다.

안내인이 한수에게 재차 곡 목록이 맞는지 확인하고 돌아갔다.

그러는 가운데 한수보다 앞서 연주한 참가자가 연주를 끝내는 모습이 보였다.

그녀는 잔뜩 울상이 되어 있었다.

생각보다 크게 긴장한 나머지 제 실력을 발휘하지 못했기 때문이다.

미련을 떨치지 못하고 차마 무대를 내려오지 못하는 그녀를 보며 한수는 한숨을 내쉬었다.

그것도 잠시 그는 긴장의 끈을 바짝 조인 채 무대 위로 향했다.

심사위원들이 무대 앞에 나란히 도열해 있었다. 그리고 그 뒤로는 이번 예비선발에 참가한 160명의 연주를 듣기 위해 모인 관객들과 다른 참가자들도 보이고 있었다.

개중에는 어제 쇼팽의 생가에 만난 리위한도 있었다.

그들 모두 한수의 연주를 주목하고 있었다.

그 정도로 한수는 그들 모두에게 경계 대상 1호로 자리 잡은 상태였다.

한편 만장일치로 한수를 합격시켰던 심사위원 중 한 명인 알프레드는 오늘도 심사위원석에 자리해 있었다.

한수가 고른 곡은 첫 곡부터 템포가 빠른 어려운 곡이었다.

이 곡은 오른손 윗부분의 레가토와 아랫부분의 반복음들을 결합해야 하는 기술적인 어려움을 갖고 있는데 그만큼 손가락을 바꿔가며 반복음을 빠르게 연주해야만 했다.

심사위원들은 숨을 고르며 한수가 연주를 시작하길 기다렸다.

동시에 한수가 양손을 건반 위에 올렸다.

그리고 연주가 시작됐다.

연주가 끝이 났다.

십 분 동안의 연주가 끝이 난 뒤 모든 사람이 얼어붙었다.

"하……."

제일 먼저 입을 연 건 리위한이었다.

그는 믿을 수 없다는 얼굴로 한수를 바라봤다.

정말 압도적인 연주였다.

한 치의 오차도 없는 완벽한 테크닉에 사람들의 마음을 좌지우지하는 엄청난 울림까지.

그야말로 쇼팽이 저 자리에 앉아 있었다고 해도 과언이 아닐 정도였다.

이미 우승자는 진즉에 결정된 게 아닌가 하는 생각마저 들 정도였다.

리위한이 그렇게 생각하는 것과 달리 다른 참가자들은 아예 한수를 상대할 의욕마저 잃고 있었다.

너무나도 막강했다.

피아노를 친 지 불과 3년 남짓 되었다고 알고 있고 실제로 피아노에 전념한 시간은 몇 달 되지 않았다.

그런데 그가 보여주는 실력은 상상 그 이상이었다.

진짜 쇼팽이 재림했다는 생각이 들 정도로 한수의 연주는 압도적이었다.

심사위원들도 고개를 내저었다. 감점을 해야 하는데 감점할 요인을 찾질 못했다. 그에게 줄 수 있는 점수는 단 하나뿐이었다.

퍼펙트(Perfect).

너무나도 완벽한 연주였다. 흠집을 낼 수 없는, 완성된 연주였기 때문에 더욱더 소름이 돋았다.

이곳에서 한수의 연주를 가장 많이 들었다고 자부할 수 있는 알프레드 같은 경우는 그냥 그대로 다리 힘이 풀려 일어나지조차 못했다.

예비선발이다. 그런데 이미 우승 후보로 평가받고 있다.

그 이유는 하나, 기량이 너무 압도적이기 때문에 일어나는 일이다.

알프레드는 한수를 바라봤다. 자리에서 일어나 인사를 한 뒤 무대를 떠나는 그 모습에서는 여유가 넘쳐흐르고 있었다.

어떻게 보면 당연할 수밖에 없는 것이었다.

저 정도로 완벽한 무대를 선보였는데 여유가 없으면 그게 오히려 말이 안 되는 일이었다.

하지만 한편으로는 그래서 더 조바심이 생겼다.

강한수가 이번에 열린 쇼팽 국제 피아노 콩쿠르에서 우승하는 모습을 보고 싶지 않았기 때문이다.

그는 피아니스트가 아니었다. 클래식에 평생 머무를 사람이 아니었다.

그에게 세계 유수의 콩쿠르 중에서도 가장 권위 있다고 알려진 쇼팽 국제 피아노 콩쿠르의 우승 트로피가 주어지는 건 보고 싶지 않았다.

하지만 문제는 그를 막을 만한 적수가 보이지 않는다는 것이었다.

예비선발이 끝이 났다.

그리고 오늘 밤 쇼팽 아카데미에서 예비선발 합격자 발표가 났다.

한수는 사이먼, 다니엘 두 사람과 함께 쇼팽 아카데미로 향했다.

그가 움직일 때마다 기자들이 그 뒤를 쫓았다. 이미 한수는 그 정도로 이슈 몰이가 가능한 사람이었다.

그렇게 쇼팽 아카데미에 도착한 한수는 예비선발에 최종 합격했음을 알 수 있었다. 어떻게 보면 당연한 일이었다.

한수는 합격 결과를 듣자마자 다시 호텔로 돌아왔다.

이제 내일 쇼팽 콩쿠르 회장에서 본격적인 쇼팽 콩쿠르의 막이 올라갈 것이다.

치열했던 예비선발을 뚫고 가려서 뽑은 80명의 피아니스트가 9일에 걸쳐 1차 예선을 펼쳐야 한다.

1차 예선의 통과자는 30명. 그리고 심사위원은 모두 18명.

참가자는 에튀드 2곡, 녹턴 1곡, 발라드계에서 1곡 그리고 프렐류드 등 지정된 기타 작품을 연주해야 했고 보통 소요되는 시간은 한 명당 40분에서 45분 남짓이었다.

한수는 마지막 날 연주가 예정되어 있었다.

다음 날 한수는 쇼팽 콩쿠르 회장으로 향했다.

예비선발을 통과한 다른 참가자들의 피아노 연주를 듣고 싶었기 때문이다.

오전에 4명, 오후에 5명이 연주를 할 텐데 오전에 연주하는 피아니스트 중에는 리위한도 포함되어 있었다.

한수가 주목하고 있는 피아니스트는 바로 리위한이었다.

그리고 쇼팽 국제 피아노 콩쿠르가 본격적으로 시작됨과 함께 예비선발을 뚫고 올라온 80명 중 4명의 연주가 시작되었다.

하나하나 예비선발을 뚫고 올라온 만큼 대단한 실력자들이었다.

그러나 한수는 이 중 자신보다 객관적으로 더 낫다고 평가할 만한 피아니스트는 없다는 걸 알 수 있었다.

그리고 오전 마지막 피아니스트의 연주 차례.

네 번째로 연주하게 된 피아니스트는 중국에서 온 리위한이었다.

사회자가 마이크를 들어 그를 소개했다.

"4번, 위한 리, 중국! 곡목은 녹턴……."

사회자의 안내에 맞춰 연미복을 입은 리위한이 피아노를 향해 걸어왔다. 그리고 그가 피아노 앞에 앉았다.

첫 곡으로 리위한이 연주하기 시작한 건 녹턴이었다. 그다음 그는 에튀드를 연달아 이어 쳤다.

그런 뒤 계속해서 리위한은 주어진 과제를 쉬지 않고 연주했고 그럴 때마다 콩쿠르 회장은 점점 더 쥐죽은 듯 조용해지기 시작했다.

다들 그의 연주에 몰입되어 가고 있다는 증거였다. 한수는 오묘한 눈빛으로 리위한을 바라봤다.

쇼팽의 생가에서 처음 봤을 때부터 느꼈지만 그는 확실히 무언가 남들과는 구별되는 게 있었다. 그리고 오늘 본 그의 무대는 압도적이었다.

마지막으로 리위한이 건반을 치고 손을 들어 올리는 그 순간 그것을 증명하기라도 하듯 브라보가 연달아 터져 나왔다.

동시에 사람들이 일어서서 기립박수를 보냈다.

오후에 또 누가 연주할지는 알 수 없지만 오늘 최고의 연주를 선보인 건 리위한, 그가 분명했다.

제1차 예선 첫날이 끝났다. 그리고 바르샤바 전역을 뒤덮은 게 리위한, 그에 관한 이야기였다.

중국에서 온 피아니스트 리위한, 그의 연주는 바르샤바를 뒤흔들기에 충분했다.

강력한 우승 후보라는 평가와 더불어 사람들은 그의 연주에 대해 계속해서 떠들어대고 있었다.

그리고 둘째 날, 셋째 날 콩쿠르가 계속되었다.

그때마다 특별한 연주를 펼친 몇몇 피아니스트들의 이름이 알려졌다.

특히 넷째 날에는 폴란드의 유명 피아니스트가 출전하면서 취재진들이 득실득실거리는 효과를 만들어내기도 했다.

그리고 다섯 번째 날, 여섯 번째 날이 줄줄이 지나갔고 이제 마지막 아홉 번째 날이 되었다.

콩쿠르 제1차 예선 최종일이었고 또 한수가 출전하는 날이었다.

그래서일까.

평상시보다 오늘은 유독 취재진들이 넘쳐흐르고 있었다.

넷째 날 폴란드의 유명 피아니스트가 출전했던 그 날처럼 오늘도 취재진들로 콩쿠르 회장은 미어터지려 하고 있었다.

심사위원들은 지친 얼굴로 마지막 연주를 듣기 위해 집중하고 있었다.

그동안 71명의 연주를 들었다.

이제 남은 건 10명이긴 하지만 그들로서는 적잖이 부담되는 게 사실이었다.

아홉 번째 날 드디어 첫 번째 참가자의 연주가 시작됐다.

첫 번째 참가자로 무대에 오른 건 아르헨티나에서 온 젊은 여성 피아니스트였다.

육감적인 몸매에 까만색 눈동자가 아름답게 빛나던 그녀는 그 육감적인 몸매 그대로 열정적인 무대를 선보이며 단숨에 관객들을 사로잡았다.

그들뿐만 아니라 지쳐 있던 심사위원마저 사로잡으며 최고의 무대를 선보였다.

그 이후 다음 참가자의 무대가 이어졌지만 그는 부담감을 떨쳐내지 못한 듯했다.

계속해서 긴장한 나머지 건반을 잘못 누르는 등 연달아 실수를 해버렸고 결국 그는 끝까지 연주를 마치긴 했지만 눈물을 글썽거리며 무대를 내려오고 말았다.

심사위원들은 그것을 보며 혀를 찼다.

안쓰럽기 그지없는 일이었다.

지옥 같던 예비선발을 뚫고 올라온 제1차 예선 무대였는데 그 예선 무대를 송두리째 말아먹어 버렸으니까.

5년에 한 번 찾아오는 기회인 걸 감안하면 그 피아니스트에겐 너무나도 가혹한 일이 아닐 수 없었다.

어쩌면 그가 다시 쇼팽 국제 피아노 콩쿠르에 참가하는 건 불가능해질 수도 있을 테니까.

그렇게 긴장감에 스스로 무너진 참가자 뒤로 한수의 차례가 되었다.

한수는 긴장의 끈을 조였다. 그는 부담감을 억누른 채 무대로 향했다.

콩쿠르 회장에 앉아 있는 수많은 관객의 시선이 그를 쫓았다. 그뿐만 아니라 사방에 설치된 카메라가 한수를 담아냈다.

심사위원 열여덟 명도 한수를 빤히 쳐다봤다. 소문으로만 듣던 바로 그 록밴드 보이를 오늘 이렇게 만나게 됐으니 관심을 기울일 수밖에 없었다.

더군다나 예비선발에서 한수는 최고의 모습을 보였고 강력한 우승 후보라는 평가까지 이끌어낸 상태였다.

다들 그를 의식할 수밖에 없었다.

그것을 보여주듯 예선 첫째 날부터 마지막 날까지 쟁쟁한 활약을 선보인 참가자들 모두 객석에 기대선 채 한수의 연주가 시작되기만을 기다리고 있었다.

동시에 한수가 건반에 손가락을 올렸고 그 이후 연주를 시작했다.

시작부터 한수의 연주는 거침이 없었다.

실수 한 번 없이 정교하게 그는 건반을 밟았고 그러면서 폭발적인 위용을 보였다.

그럴수록 사람들은 숨을 죽인 채 한수의 피아노에 귀를 기울였다.

에튀드 두 곡 이후 한수는 녹턴을 치기 위해 잠시 인터벌을 가지고 있었다.

보통 이럴 때 기침을 하는 사람도 있고 잠시 소란이 생길 수도 있는데도 불구하고 지금 객석은 너무나도 조용했다.

다들 바싹 긴장한 채 정신을 집중하고 있었다.

그야말로 관객들이 한수의 연주를 듣기 위해 심호흡을 하고 있는 듯했다.

그런 순간 한수가 부드럽고 섬세한 터치 이후 대범한 스케일을 보여주며 완벽하게 객석에 앉아 있는 관객들을 쓸어 담았다.

그야말로 쇼팽 그 자체였다.

심사위원들 모두 혀를 내둘렀다.

'말도 안 되는 일이야.'

'이건 미친 거 아닌가?'

다들 인상을 구겼다. 생각했던 것보다 더했다.

어느 정도 각오는 해뒀지만 이 정도일 줄은 전혀 생각지도 못했다. 너무나도 완벽한 연주였고 너무나도 완벽한 곡 해석이었다.

그야말로 쇼팽이 이곳에 앉아 연주를 하고 있다는 생각이 들 정도였다.

애초에 이 콩쿠르가 쇼팽 국제 피아노 콩쿠르였다.

즉 쇼팽을 뽑기 위한 무대라고 할 수 있었다. 그런데 지금 한수는 쇼팽의 화신이나 다름없었다.

그렇다면 누가 강한수를 꺾을 수 있단 말인가?

쇼팽의 화신이나 다름없는 그를 말이다. 그렇게 한수의 연주가 끝이 났다.

동시에 한수가 연주를 마치고 일어선 순간 콩쿠르 회장에는 다시 한번 기립박수가 쏟아지기 시작했다.

열여덟 명의 심사위원들은 서로를 돌아봤다.

그들은 이제 'Yes' 혹은 'No'로 자신의 의사를 표현해야 하고 'Yes'일 경우 점수를 표시해야 했다.

그렇게 해서 2차 예선 마주르카에 나설 서른 명을 다시 가려 뽑아야 했다.

"브라보!"

"브라보!"

박수갈채가 쏟아졌다.

그와 동시에 환호성이 뒤를 이었다. 심사위원들은 고개를 절레절레 저었다.

그 어느 때보다 더 열광적인 분위기였다. 강한수가 슈퍼 스타인만큼 예상은 했지만 그렇다고 해도 객석의 반응은 정도를 지나친 것이었다.

하지만 여기 모인 사람들 모두 느끼고 있었다.

강한수, 그의 연주는 남들과는 다른 특별한 무언가가 있다는 것을.

1차 예선이 끝이 났다.

그리고 2시간 뒤 발표가 이어졌다.

리위한, 폴란드의 유명 피아니스트, 아르헨티나의 젊은 여성 피아니스트 등 두각을 드러냈던 피아니스트들 모두 1차 예선을 간단하게 통과했다.

물론 강한수도 1차 예선을 통과했다.

모두 서른 명이 1차 예선의 벽을 뚫고 2차 예선에 진출하게 되었다.

제2차 심사는 1차 통과자 30명이 4일간 걸쳐서 경합하게 된다.

오전조에서 4명, 오후조에서 5명이 연속해서 치는 스케줄로 과제 곡인 소나타, 폴로네즈, 마주르카를 45분 안에 마쳐야만 한다.

심사위원은 1차 그대로고 채점 방법도 그대로다.

사람들의 관심이 한수에게 쏟아지기 시작했다.

이제 중요한 건 한수가 통과하느냐 못하느냐가 아니었다.

그가 제2차 예선을 통과하는 건 사실상 기정사실화되어 있었다.

사람들이 관심을 가진 건 그가 얼마나 대단한 무대를 보여줄지에 관한 것이었다.

실제로 강한수는 제1차 예선에서 보여준 무대 때문에 강력한 우승 후보로 꼽히고 있을 뿐만 아니라 쇼팽의 재림이라는 평가까지 듣고 있었다.

그것을 감안하면 그가 제2차 예선에서 떨어지는 건 상상조차 할 수 없는 일이었다.

그런 가운데 한수는 필하모닉 인근에 있는 호텔에 머무르며 편히 휴식을 취하고 있었다.

그에게 부담감은 전혀 존재하지 않는 것처럼 보일 정도였다.

사이먼이 그런 한수를 쳐다보며 물었다.

"한스, 너는 부담도 안 되냐?"

"부담? 내가 부담가질 이유가 있어?"

도리어 되묻는 한수에게 사이먼은 어처구니없다는 표정을 지었다. 그러나 딱히 반박할 말이 떠오르지 않았다.

한수의 말대로였다.

그는 쇼팽의 재림이라는 평가를 이끌어냈다.

즉 쇼팽 콩쿠르에서 한수를 이긴다는 건 곧 쇼팽을 이긴다는 뜻과 같아져 버렸다.

사람들의 인식이 얼마나 중요한지 따져 보면 지금 한수가 받는 평가는 그야말로 절대적인 영역에 속해 있는 것이나 매한가지였다.

그것 때문에 국제 쇼팽 피아노 콩쿠르 협회에서는 뒤늦게 입단속을 시키고 있었다.

한수에게 그런 이미지가 씌워질수록 손해를 보는 건 바로 자신들이었기 때문이다.

쇼팽 콩쿠르에 쇼팽의 재림이라 불리는 한스가 출전했는데 그 한스가 2차 예선이나 파이널 무대에서 탈락하게 되면?

그 비난을 고스란히 뒤집어쓰는 건 바로 쇼팽 국제 피아노 콩쿠르 협회가 될 수밖에 없었다.

쇼팽의 재림이 출전했는데도 불구하고 그 가치를 제대로 알아보지 못했다는 비난을 들을 가능성이 농후했다.

그리고 2차 예선이 코앞으로 다가왔다.

나흘간 치러지는 2차 심사.

한수는 공교롭게도 리위한과 같은 날에 속해 있었다.

두 사람이 속한 날은 마지막 날로 한수는 마지막 날과 유독 인연이 깊었다.

폴란드의 젊은 스타 피아니스트 안토니 자모이스키, 아르헨티나의 정열적인 피아니스트 에바 나디아, 일본의 천재 피아니스트 아키라, 지난 17회 쇼팽 국제 피아노 콩쿠르에서 우승을 차지한 조현진의 뒤를 이을 인재로 평가받는 한국의 천재 피아니스트 이현우 등.

사람들이 우승 후보로 손꼽는 피아니스트들은 이미 연주를 끝마친 뒤였고 파이널에 진출할 12명도 어느 정도 그 윤곽이 잡혀가고 있었다.

대략 열 명 정도 명단이 갖춰진 상태에서 이제 남은 건 그 파이널에 들 것으로 유력시되는 두 사람 리위한과 강한수였다.

먼저 무대에 오른 건 리위한이었다.

중국의 젊은 피아니스트이자 부조니 국제 콩쿠르에서 우승을 거머쥔 차세대 피아니스트들 가운데 단연 선두에 서 있는 리위한.

그가 무대에 오르자 격한 환호가 쏟아졌다. 환호성을 보내는 사람 대다수는 중국인이었다.

중국의 자본력은 점점 더 막강해지고 있었고 화교라고 불리는 중국인 교포들은 세계 곳곳으로 뻗어 나가며 자본력으로 자신의 기득권을 불리고 있었다.

이번 쇼팽 국제 피아노 콩쿠르에서도 중국인의 입김은 꽤 강했는데 심사위원 가운데 세 명이 중국인으로 구성되어 있었다.

보통 유럽인들이 심사위원을 맡는 걸 감안한다면 대단히 이례적인 일이었다.

그렇게 환호성 속에 무대에 오른 리위한은 허리를 살짝 숙여 인사를 해 보인 뒤 피아노 앞에 앉았다.

그런 뒤 그가 격렬하게 피아노 연주를 시작했다.

45분 동안 폭풍 같은 연주가 이어졌다.

마치 거센 풍랑이 이는 것처럼 어마어마한 연주였다.

그리고 그 연주가 끝났을 때 환호성이 콩쿠르 회장 안을 가득 메웠다.

"브라보!"

강한수의 우승을 점찍어 생각하던 대부분의 사람들은 이때 혹시 하는 생각을 하게 됐다.

혹시 잘하면 리위한이 우승하는 건 아닐까 하는 생각.

그 정도로 리위한이 보인 무대는 상상 이상이었다.

심사위원들도 감탄을 토해냈다.

"대단한데요?"

"이 정도면 우승 후보로 꼽아도 손색이 없겠군요."

"그러게 말이에요. 그야말로 최고의 무대를 선사했군요."

다들 함박웃음을 지었다.

그들 입장에서 강한수보다는 리위한이 우승하는 게 차라리

나왔다.

강한수는 클래식 가이가 아니었다. 그는 그들이 보기엔 불순물이었다.

반면에 리위한은 어렸을 때부터 클래식 세계에 몸을 담고 있던 로컬 보이였다. 그리고 클래식 세계에서 손꼽히는 기대주였고 세계적으로 유명한 피아니스트들의 계보를 이을 것으로 평가받는 대단한 천재 피아니스트였다.

그에게 쇼팽 국제 콩쿠르 대상이 주어진다면 여기 있는 심사위원 그 누구도 반대하지 않을 공산이 농후했다.

그렇게 리위한의 무대가 끝난 뒤 한수가 무대에 오르려 했다.

사회자가 한수를 보며 물었다.

"괜찮겠어요?"

"뭐가요?"

"함성이 너무 커서요. 조금 진정된 다음 올라가도 돼요."

"아뇨, 괜찮습니다."

한수는 고개를 저었다.

분명 리위한의 연주는 환상적이었다. 그의 잠재력을 뛰어넘은 무대라고 할 수 있었다.

그러나 한수는 그 무대가 대수롭지 않았다. 그래 봤자 한계가 뚜렷한 연주였을 뿐이다.

그렇게 한수가 무대에 올라섰을 때 사람들이 한수를 향해 뜨거운 박수갈채를 보냈다.

귀가 떨어질 만큼 열띤 환호성이었다.

심사위원들이 그 소리에 눈살을 찌푸렸을 때 한수가 피아노 앞에 앉았다.

그가 해야 하는 건 마주르카 작품 50.

잠깐 심호흡을 한 뒤 한수가 리위한의 무대를 지워버리듯 힘차게 도입부를 이어나갔다.

이미 사람들 머릿속에 방금 전 리위한이 보여줬던 환상적인 무대는 사라지고 없었다.

강한수의 연주가 끝이 났을 때 사람들은 차마 그 여운에서 벗어 나올 수 없었다. 아니, 조금이라도 그 선율을 붙잡고 싶어 했다.

그 정도로 한수의 연주는 완벽했고 아름답기만 했다. 다들 한수의 연주를 듣고 잠깐 동안 넋이 나간 듯했다. 그렇게 연주가 끝나고 한수가 자리에서 일어섰을 때 사람들이 일제히 일어나 박수를 보냈다.

심사위원 중 몇 명도 기립박수를 보냈을 정도였다. 그만큼 다들 한수의 피아노 연주에 심취해 있었다.

한수는 그들에게 일일이 고개를 숙여 보였다. 그리고 무대를 내려오려 할 때였다.

피아노 연주자들을 안내하던 사람이 콩쿠르 회장 반응을 살폈다. 아직도 기립박수가 끊이질 않고 있었다.

그가 어깨를 으쓱하며 말했다.

"아무래도 한 번 더 다녀와야겠는데?"

"아."

한수가 환한 얼굴로 고개를 끄덕이며 다시 무대로 나아갔다.

그렇게 한 차례 더 한수는 사람들의 앵콜에 화답해야 했다.

모든 연주가 끝이 난 뒤 심사위원들은 채점에 돌입했다.

이제 파이널 무대에 진출할 12명을 골라 뽑아야 했다.

사전에 'Yes' 혹은 'No'로 해서 심사위원 18명과 심사위원장, 이렇게 19표를 얼마나 많이 득점했는지 그것을 놓고 상위권에 속한 사람을 가리게 된다.

그렇게 해서 12명을 뽑게 되는데 만약 동점자가 있다면 그 동점자는 점수 차이를 보고 고르게 된다.

심사위원들이 한자리에 모였다. 그리고 심사위원장이 점수표를 공개했다.

19표를 모두 받은 참가자가 있는 반면 6표도 못 받은 참가자도 있었다.

그렇게 1위부터 30위까지 결정이 나 있었는데 15표를 받은 참가자가 5명이나 된다는 게 문제였다.

그보다 더 많은 표를 받은 파이널 진출자는 10명이었다.

즉 15표를 받은 참가자 중에서 2명을 골라야 한다는 의미였다.

심사위원장이 15표를 받은 다섯 명의 참가자를 공개했다.

그리고 몇몇 심사위원이 그 명단을 보고 분통을 터뜨렸다.

놀랍게도 그 안에 Han Su Kang의 이름이 포함되어 있었기 때문이다.

"이건 말이 안 됩니다! 한스 강이 파이널 무대에 진출할 수 없다뇨? 무언가 착오가 빚어진 게 분명합니다."

강한수 무대가 끝난 뒤 기립박수를 보냈던 심사위원이 얼굴을 붉혔다.

새빨개진 얼굴로 화를 내던 심사위원을 심사위원장이 진정시켰다.

"알렉스, 진정해요. 아직 그는 탈락한 게 아닙니다. 그리고 누군가 그의 연주가 이번 콩쿠르에 합당하지 않다고 생각해서 'No'를 던졌을 수도 있지 않겠습니까?"

"하지만…… 심사위원장님도 한스 강의 연주를 듣지 않으셨습니까? 그 연주는 무조건 만점을 받아야만 하는 그런 연주였단 말입니다!"

그때 한 여자가 날카로운 목소리로 소리쳤다.

"알렉스! 그건 너무 비약적인데요? 그의 연주가 쇼팽에 적합하지 않다고 생각하는 심사위원도 얼마든지 있을 수 있어요!"

"뭡니까? 지금 그 말은 로즈너 당신이 반대표를 선사했다고 생각되는군요."

"무, 무슨 그런 말을!"

로즈너의 얼굴이 새빨개졌다. 그녀가 잔뜩 일그러진 얼굴로 알렉스를 쳐다봤다.

격앙된 반응이 오고가려 하자 심사위원장이 그들을 말렸다.

그리고 그가 차분한 목소리로 말했다.

"저는 한스의 연주가 훌륭했다고 생각합니다. 그러나 저와 다른 생각을 하는 분도 있을 수 있다고 생각하고 있습니다. 다양성은 존중해야 하는 것이니까요. 그렇지만 객관적으로 볼 때 한스의 연주는 결점이 없었습니다. 즉 감점할 게 없는 만큼 그는 파이널 진출자여야 한다고 생각합니다. 다른 분들은 어떻게 생각하십니까?"

심사위원들이 서로를 바라봤다. 그리고 다들 고개를 끄덕였다.

호불호가 갈릴 수는 있다. 그렇지만 연주를 폄하할 수는 없는 것이다.

실제로 강한수는 단 한 번의 실수도 없이 완벽하게 연주를 끝냈기 때문이다.

계속된 회의 끝에 파이널에 진출할 열두 명이 모두 결정 났다.

심사위원들은 그제야 한숨을 돌리며 결과를 발표하기 위해 수많은 취재진과 이번 콩쿠르에 참가한 참가자들이 기다리고 있는 1층 로비로 나왔다.

심사위원들이 우르르 몰려오는 모습을 본 취재진은 카메라 플래시를 터뜨렸다.

웅성거리는 소리 속에 심사위원장이 파이널 무대에 진출할 열두 명을 발표하기 시작했다.

누구는 자신이 파이널에 올라갈 수 있게 됐다는 것에 기뻐했고 누구는 떨어졌다는 것을 알게 된 뒤 눈물을 글썽이고 있었다.

한수의 표정은 무덤덤했다.

이미 자신이 파이널에 올라갈 수 있다는 것을 알고 있었기 때문이다.

그리고 그런 그를 향해 가장 많은 플래시가 터지고 있었다.

파이널 무대가 열리기 전날인 10월 17일. 이날 하루 콩쿠르는 휴식을 취한다.

쇼팽의 기일이기 때문이다.

쇼팽의 심장이 묻혀 있는 성 십자가 교회.

이곳에 쇼팽 국제 피아노 콩쿠르 파이널 무대에 진출한 참가자를 비롯하여 수많은 피아니스트와 그 밖에 여러 사람이 모였다.

폴란드인 쇼팽은 조국인 폴란드가 러시아한테 침략을 당하자 독립운동을 지원하기 위해 폴란드로 떠나고자 한다.

하지만 러시아가 그것을 막았고 결국 쇼팽은 오스트리아 정부에게 여권을 압수당하게 되고 폴란드로 떠날 수 없게 된다.

그는 파리로 와서 다시 폴란드로 넘어가려 하지만 결국 그 뜻을 이루지 못하게 되고 아버지의 장례식에도 참석하지 못하게 된다.

그런 그는 누이한테 부탁하게 되니 자신의 육신은 파리에 묻힐지라도 심장만큼은 폴란드에 묻어달라는 것이었다.

그래서 쇼팽의 육신은 파리에 있는 페르라세즈 묘지에 묻혔고 심장은 이곳 성 십자가 교회에 묻히게 된 것이다.

성 십자가 교회에서는 모차르트의 레퀴엠이 흘러나오고 있었다.

실제로 쇼팽의 장례식에서 연주된 곡이기도 하다.

선택받은 사람을 장례 지낼 때만 연주되는 곡으로 누구에게나 쉽게 연주되는 곡이 아니다.

그렇게 10월 17일 하루는 조용히 지나갔다. 그리고 그다음 날부터 파이널 무대에 참가할 연주자는 리허설에 들어갔다.

파이널 무대는 협주곡으로 치러진다.

국립 바르샤바 필하모닉 오케스트라와 함께 협연을 해야 하는 것이다.

그런 만큼 리허설은 필수적이다.

이들이 연주해야 하는 건 쇼팽의 협주곡. 그리고 쇼팽의 협주곡은 두 개뿐이다.

제1번 E단조 작품11.

제2번 F단조 작품21.

통칭하여 1번과 2번으로 불리고 있는 작품들이다.

쇼팽 국제 피아노 콩쿠르의 파이널은 이 두 곡의 피아노 협주곡을 연주해야 하는 것으로 보통 참가자들이 원하는 곡은 1번 곡이다.

1번 곡은 주제부가 뚜렷할 뿐 아니라 곡의 길이도 길며 무엇보다 2번 곡보다 화려하기 때문이다.

자신의 피아노 연주를 뽐내고 싶다면 1번 협주곡을 연주하는 게 훨씬 더 올바른 결정이다. 그리고 한수가 고른 건 1번 협주곡이었다.

완벽하게 우승을 차지하기 위해서였다.

한수는 국립 바르샤바 필하모닉 오케스트라와 리허설을 가질 수 있었다.

그들은 한수에게 적지 않은 관심을 보였다.

그도 그럴 것이 지난 1차 예선, 2차 예선 등에서 한수가 보여준 모습은 진짜 상상을 초월한 것이었다.

그들 입장에서는 한수가 과연 독주곡이 아닌 협주곡에서 어떤 모습을 보여줄지 궁금할 수밖에 없었다.

이미 아홉 명은 파이널 무대를 끝낸 지 오래였다.

남은 건 폴란드의 피아니스트 안토니, 중국의 피아니스트 리위한 그리고 한수 이렇게 세 명뿐이었다.

순서는 안토니, 리위한, 한수 이렇게 이루어질 예정이었다.

한수는 대기실에 앉은 채 마지막 무대가 시작하길 기다렸다.

오늘이면 피아노의 세계에 몸 담았던 시간도 끝이 난다.

이 하루를 위해서 그동안 많은 걸 노력해 왔다. 단순히 채널 마스터의 능력을 이용한 것이 아니라 스스로 노력을 거듭했다.

채널 마스터의 능력만으로 성장하는 것에는 한계가 있다고 생각했다. 그래서 스스로 밀어붙였고 더욱더 한계를 넘어서고자 했다.

드디어 그 마지막 결실을 맺을 차례다.

폴란드의 스타 피아니스트 안토니가 무대에 오른 듯했다.

사람들의 환호성이 벽을 타고 들렸다. 그리고 국립 바르샤바 필하모닉 오케스트라의 연주 이후 안토니가 연주하는 피아노가 그 속에 스며들었다.

그의 피아노는 자유로우면서도 활기가 넘치고 있었다. 괜히 우승 후보 중 한 명으로 손꼽히는 게 아니었다.

한수는 그의 연주를 들으며 마음속이 가득 차는 듯한 느낌을 받았다.

그렇게 안토니의 연주가 끝나고 사람들이 외치는 함성과 박수갈채 소리가 들렸다.

한수는 그것을 들으며 마음속 깊숙한 곳이 끓어오르는 느낌을 받았다.

어째서일까. 어째서 이렇게 감정이 고조되는 것일까.

단순히 자신은 자신을 폄하한 그들에게 본때를 보이고자 이번 무대에 참가한 것뿐인데.

그러나 지금에 이르러서 한수는 자신의 그 생각이 너무 오만했다는 걸 깨달았다.

여기 모인 이 수많은 사람은 피아노를 진정으로 사랑했다.

쇼팽을 사랑하는 사람들.

그들에게 자신은 치기 어린 어린아이였던 것뿐이다. 그들은 쇼팽의 정신을 계승하고 그 연주를 들려줄 피아니스트를 기다리고 있던 것이다.

그런데 그 신성한 자리에 치기 어린 생각으로 나선 것이었다.

한수는 마음을 고쳐먹었다.

더 이상 그 평론가의 비판도, 락 팬들과 클래식 팬들 간의 논쟁도 머릿속에서 지우기로 마음먹었다.

그 대신 한수는 전력을 다해 이번 콩쿠르에 나서기로 결심했다. 그리고 정말 쇼팽이 환생한 것처럼 최고의 무대를 선사하기로 했다.

그러는 동안 리위한이 무대에 올랐다.

이제 한수의 차례는 코앞까지 성큼 다가와 있었다.

심사위원들은 안토니의 무대가 끝났을 때 고심하고 있었다.

이번 최종심사는 파이널 무대뿐만 아니라 1차 예선, 2차 예선까지 모두 합쳐서 지금까지의 연주를 종합적으로 판단하게 되어 있다.

그런 다음 각각의 심사위원은 자유롭게 순위를 결정하게 되며 1위가 1점, 2위가 2점, 이런 식으로 12위까지 점수를 매기게 된다.

그래서 이 점수를 합친 다음 심사위원의 수로 나눠서 그 평균 점수가 가장 낮은 피아니스트가 우승을 차지하게 된다.

1위가 무조건 있어야 하는 건 아니다.

그러나 이 심사 결과는 대중에 공개되기 때문에 심사위원들은 엄격하게 점수를 매겨야 한다.

지난 몇 차례 주최국이라고 할 수 있는 폴란드 국적의 심사위원들이 자국 피아니스트에서 유리하게 점수를 매겼었기 때문이다.

어쨌든 채점을 매기며 심사위원들은 오늘 유독 안토니의 무대가 엄청나다는 걸 느끼고 있었다.

기존에 파이널 무대에 연주했던 피아니스트들의 무대도 훌륭했지만 안토니의 무대는 그보다 더 훨씬 빛나고 있었다.

마지막 날이어서 그런 것일까?

폴란드 출신의 심사위원들은 일어서서 브라보라도 외치고 싶은 심정이었다.

폴란드인 쇼팽이고 그를 기리기 위한 쇼팽 국제 피아노 콩쿠르다.

폴란드인 피아니스트가 우승하길 바라는 건 당연한 심정인 것이다.

그러나 리위한이 연주하는 피아노를 듣고 그들은 또다시 갈등에 빠질 수밖에 없었다.

리위한의 피아노 협주곡도 안토니 못지않게 무지막지했다.

둘 중 누구를 1위로 정해야 할지 판단이 서지 않을 정도였다.

그러나 그들은 까맣게 잊어먹고 있었다.

아직 한 명이 더 남아 있다는 것을.

한수는 마음을 고쳐먹었다. 이번 무대에 그는 전력을 기울여 최고의 모습을 보일 생각이었다.

그동안 그런 생각을 하진 않고 있었다. 어디까지나 그에게 이번 무대는 자신을 증명하는 자리였다.

쇼팽 국제 피아노 콩쿠르에 출전해 봤자 우승은커녕 예비선발에서 탈락하지 않으면 다행이라고 했던 한 평론가와 그를 옹호하던 클래식 팬들에 대한 반발이었다.

그러나 한수는 파이널 무대에서 그 생각을 바꿨다. 자신이 그릇된 판단을 내린 것이었다.

한수는 피아니스트가 아니었지만 피아노를 사랑했다.

이번 쇼팽 국제 피아노 콩쿠르에 참가하기 위해 피아노 건반을 수없이 두드릴 때부터 한수는 그것을 느끼고 있었다.

그랬기에 한수는 여기 모인 많은 사람에게 이런 자신의 마음을 알리고자 했다.

리위한의 연주가 끝난 뒤 한수의 차례가 되었다. 그전에 삼십 분 동안 인터벌이 있었다.

대기실에 머무른 채 한수는 호흡을 골랐다. 사이먼과 다니엘이 그런 한수를 보며 물었다.

"괜찮아?"

"예, 저는 괜찮아요."

"네 덕분에 바르샤바까지 와서 좋은 연주를 듣게 됐군."

사이먼이 너털웃음을 흘렸다. 그때 다니엘이 한수를 보며 말했다.

"고민하던 건 전부 다 끝낸 거야?"

"예?"

"어제부터 계속 고민하던 눈치인데? 아니었어?"

한수는 다니엘이 생각했던 것 이상으로 날카롭다는 걸 알 수 있었다.

한수가 고개를 끄덕였다.

"예. 고민은 끝냈어요."

"무슨 고민일지 모르지만 잘 선택했으면 한다."

"고마워요, 다니엘."

한수가 웃었다.

두 사람도 대기실을 나간 뒤 한수는 대기실에 홀로 남았다.

그리고 삼십 분의 인터벌이 끝난 뒤 한수가 무대에 올랐다.

콩쿠르 회장에는 그를 향해 열광적인 지지를 보내는 팬들이 있는가 하면 그를 경멸하는 안티도 여럿 있었다.

한수가 이번 콩쿠르에 참가한 건 어디까지나 그가 우승할 가능성이 전혀 없다고 한, 한 평론가에게 반박하고자 함이라는 걸 알고 있어서였다.

그랬기에 한수에 대한 반응은 나뉠 수밖에 없었다.

그러나 그것도 잠시 한수가 피아노 앞에 앉은 순간 사람들이 떠들어대는 소리는 잦아들었다.

어쨌든 이곳에 모인 사람 모두 쇼팽의 음악을 사랑하는 팬이었기 때문이다.

동시에 사회자가 외치는 소리가 들렸다.

한수가 연주할 피아노 협주곡 1번을 소개했고 그 후 오케스트라의 연주가 시작되었다.

4분 동안 오케스트라가 연주한 뒤 그 다음 한수의 피아노가 오케스트라와 함께 협주를 이어나갈 터였다.

그리고 악장이 한수에게 슬쩍 눈빛을 보낸 순간 한수가 피아노 건반을 힘차게 눌렀다.

압도적인 그 위용에 일순간 대회장이 정적에 휩싸였다.

화려할 뿐만 아니라 웅장한 그 소리에 심사위원들 모두 숨을 죽인 채 연주를 지켜보기 시작했다.

1악장이 끝나고 2악장이 시작되었다. 여전히 한수의 연주는 흠잡을 데 없이 완벽했다.

게다가 지난번에는 없던 마음가짐마저 담겨 있었다.

더 이상 이번 콩쿠르를 단순하게 우승할 목적으로 접근하지 않겠다는 그 마음가짐이 녹아 있었다.

그것은 한수가 콩쿠르의 한 참가자가 아닌 피아니스트로

점점 더 진화함을 보여주고 있는 것이기도 했다.

그것을 모를 사람들이 아니었다.

그들은 한수의 연주를 들으며 마음속 깊은 곳에서 울림이 흘러나오는 걸 느끼고 있었다.

그것은 쇼팽이었다.

쇼팽의 피아노가 그들 마음속 깊은 곳에서부터 끌어 나오고 있었다.

한수가 그것을 불러일으키고 있었다. 2악장이 끝나고 이제 마지막 3악장에 돌입했다.

사람들은 한수의 연주를 더 듣고 싶어 하면서도 한편으로는 그 연주가 끝나지 않길 바라고 있었다.

보다 더 이 연주를 듣고 싶었다. 그러나 그 끝은 계속해서 다가오려 하고 있었다.

사람들을 자신에게 끌어당기면서 한수의 연주가 대미에 이르렀다.

그리고 마지막 한 음을 눌렀을 때.

한수는 그제야 자신이 진정한 피아니스트가 되었음을 알 수 있었다.

그 후 오케스트라의 연주가 끝이 났고 쇼팽 국제 피아노 콩쿠르의 마지막 무대도 그렇게 마무리되었다.

잠시 동안 콩쿠르 회장 안은 정적에 휩싸여 있었다.

누구 한 명 가릴 것 없이 이 여운을 떨쳐내고 싶지 않아 했다.

다들 이 여운에 취해 잠들고 싶어 하고 있었다.

한수를 열띤 목소리로 응원하던 팬도, 한수를 깎아내리던 안티마저도.

이번에는 다들 마음이 한결같았다.

이 연주를 이곳에서 들을 수 있었다는 것에 그들 모두 기뻐하고 있었다.

그것도 잠시 그들은 아쉽지만 무대가 끝이 났음을 깨달았다. 그리고 그들은 자리에서 일어서서 박수갈채를 보내기 시작했다.

한수는 그들에게 화답하듯 허리를 숙여 인사를 보냈다. 그러나 커튼콜은 계속해서 이어지고 있었다.

한수는 연달아 무대에 올라야 했다. 그렇게 쉴 새 없이 무대에 올라 허리를 숙여 보인 뒤에야 그는 무대에서 내려올 수 있었다.

하지만 무대 아래에는 그를 기다리는 수많은 취재진이 있었다.

그들 모두 한수에게 달라붙어서 카메라 플래시를 터뜨리며 인터뷰를 하고자 했다.

그렇게 취재진들의 인터뷰에 일일이 한수는 응답하며 어마어마한 스포트라이트를 받고 있었다.

마지막 무대에서 한수가 보여준 연주는 그 정도로 대단한 것이었다.

사람들을 흥분에 휩싸이게 할 만큼 그들의 감정을 끌어당기는 그런 연주였다. 그렇게 모든 연주가 끝이 났다.

이제 남은 건 심사위원들의 발표뿐이었다.

심사위원들의 발표는 두 시간 뒤 있을 예정이었다.

그 두 시간 동안 온갖 이야기가 오고 가고 있었다.

많은 사람이 누가 우승을 차지할지에 관해 이야기를 나눴다.

평론가 중 절반 이상은 강한수를 강력한 우승 후보로 꼽았다.

특히 이번 파이널 무대에서 그가 보여준 무대는 기존의 무대를 훨씬 더 뛰어넘는 무대임을 밝혔다.

그러면서 그들은 그가 콩쿠르 참가자에서 진정한 피아니스트가 되었다고 평가했다.

그러면서 아직 콩쿠르 참가자에 불과한 다른 피아니스트들과 그는 많은 차이가 난다고 평가하곤 했다.

평론가의 3할이 우승 후보로 점치고 있는 건 리위한이었다.

일단 이번 쇼팽 국제 피아노 콩쿠르 같은 경우 가장 많은 후원을 한 곳이 중국이었다.

중국 자본은 어딜 가나 뻗어 있었다.

할리우드뿐만 아니라 이곳 쇼팽 국제 피아노 콩쿠르 협회에도 중국 자본이 영향력을 미치고 있었다.

그가 강력한 중국 자본을 등에 업고 우승을 차지할 가능성이 크다는 게 평론가들의 의견이었다.

마지막 남은 2할이 우승 후보로 점찍은 건 폴란드의 피아니스트 안토니였다.

일단 그는 자국민들의 성원을 등에 업고 있었다.

자국민들 모두 그가 쇼팽의 고향인 이곳 폴란드에서 펼쳐지는 쇼팽 국제 피아노 콩쿠르에서 우승을 차지하길 희망하고 있었다.

무엇보다 심사위원 중 절반이 폴란드인인 것도 이번 투표에 적지 않은 영향을 미칠 것이라고 유추하고 있었다.

그렇게 치열한 각축이 예고되어 있는 가운데 심사위원들은 저마다 자신의 가치관을 앞장세운 채 격돌하고 있었다.

그들에게 두 시간은 결정을 내리기에 너무나도 짧은 시간이었다.

실제로 심사위원 대부분 결정을 내리는 걸 주저하고 있었다.

이번 투표 결과는 대중들에게 공표될 예정이었다.

그동안 폴란드인이어서 더 높은 점수를 받았다느니 혹은 후원국에게 보다 더 후한 점수를 줬다느니 하는 그런 추문을 피하기 위함이었다.

그렇기 때문에 대중에게 자신들이 매긴 점수를 공개할 예정이었고 심사위원들의 이름 또한 공개될 것이기 때문에 그들로서는 신중에 신중을 기할 수밖에 없었다.

만약 이번에 그릇된 결정을 내리게 된다면 그것은 평생 그들의 심사 경력에 꼬리표처럼 따라붙을 게 분명해서였다.

하지만 두 시간이 그들에게 주어진 시간이었고 그 안에 그들은 우승자를 골라야 했다.

우승자뿐만 아니라 최고의 폴로네이즈, 마주르카, 협주곡, 소나타 연주상도 뽑아야만 했다.

시간은 부족했지만 거꾸로 세워진 모래시계는 거침없이 채워지는 중이었다.

심사위원들이 모두 모여 있는 심사위원실.

그들은 저마다 딴생각을 하고 있었다.

일단 이번 파이널에 참가한 열두 명 중에서 여섯 명을 뽑아야 했다. 그런 다음 여섯 명의 순위를 매긴 다음 우승자를 골라야만 했다.

그때 심사위원장이 이곳에 모인 심사위원들을 돌아보며 말했다.

"다들 그렇게 걱정하실 필요 없습니다. 우리가 듣고 느낀 걸 결과로 보여주면 그만입니다. 마음의 결과를 쫓도록 합시다."

그들 모두 심사위원장의 말이 정론임을 알고 있었다.

그렇게 한다면 누가 뭐라 한들 스스로 떳떳해지게 된다. 그리고 심사위원들은 하나둘 순위를 매기기 시작했다.

스스로 마음속에 자리 잡고 있던 순위를.

1층 회랑에는 그 어느 때보다 많은 취재진이 모여 있었다.

지난 한 달 동안 치열했던 쇼팽 국제 피아노 콩쿠르가 오늘 이 자리에서 마감된다.

9월 무렵 시작되었던 콩쿠르는 벌써 10월 말이 되어 있었다. 그리고 오늘 종지부를 찍는다.

사람들은 이곳에서도 여전히 떠들썩하게 대화를 이어나갔다.

누가 우승자가 될지, 누가 마주르카 상을 타게 될지. 그들은 저마다 자신의 의견을 개진 중이었다.

다니엘과 사이먼을 양옆에 두고 있던 한수에게도 기자들이 계속 달려들어 이런저런 인터뷰를 하고 있었다.

“한스 강! 당신이 우승자일 거라고 생각합니까?”

“자신이 우승할 확률은 얼마나 된다고 보십니까?”

“한스! 대답 좀 부탁드립니다!”

한수는 그들의 질문 공세에도 이렇다 할 말을 하지 않았다.

결과는 이제 얼마 안 있으면 발표된다. 그 결과에 자신의 의견은 의미가 없다.

심사위원들이 내놓는 결과에 그저 순응하면 된다.

한수는 이곳에 선 채 포만감을 느끼고 있었다.

그동안 연주했던 것 중에서 한수는 스스로 최고의 연주를 했다고 생각하고 있었기 때문이다.

한수 스스로 만족할 수 있었기 때문에 심사위원들이 어떤 결과를 내놓더라도 한수는 만족할 생각이었다.

그때였다.

한수에게 다가온 사람이 한 명 있었다. 머리가 반쯤 벗겨진 그는 어색한 얼굴로 한수를 바라보고 있었다.

그때 기자들이 그를 보고 눈을 휘둥그레 떴다.

카메라 몇 대가 그를 향했다.

한수는 그것을 보며 상대가 유명인사라는 걸 알 수 있었다.

자신을 쳐다보고 있는 수많은 시선을 뒤로 한 채 그가 머뭇거리다가 입을 열었다.

그가 꺼낸 말은 프랑스어였다.

"안녕하십니까? 미스터 강."

"예, 그렇습니다. 당신은 누구시죠?"

한수가 능숙한 프랑스어로 대답했다.

그가 잠깐 멈칫하더니 이내 웃으며 말했다.

"처음 뵙겠습니다. 저는 장 피에르입니다."

그 대답에 한수는 순간 표정을 어떻게 해야 할지 머뭇거려야 했다.

그것도 잠시 한수가 웃으며 손을 내밀었다.

"반갑습니다, 장 피에르 교수님."

"감사합니다. 오늘 당신의 연주를 듣기 위해 이곳 바르샤바로 왔습니다."

그는 프랑스의 대학 교수이자 평론가이기도 한 장 피에르 교수였다. 그리고 유튜브에 올라온 한수의 영상을 보고 엄청난 비난을 쏟아냈던 인물이기도 했다.

그가 한수를 보며 말했다.

"그때 일을 사과하고 싶습니다."

"예?"

"저는 그 날 흥분한 상태였습니다. 그리고 당신에게 무례를 범했습니다. 일부러 그런 것은 아니었습니다. 그 당시만 해도 당신의 연주는 피아니스트라고 부르기엔 형편없었으니까요."

프랑스어를 할 줄 아는 다니엘의 얼굴이 험상궂어졌다.

지금 장 피에르 교수의 말은 한수를 헐뜯는 것이었다.

그가 장 피에르 교수한테 뭐라고 말을 하려 할 때 한수가 그를 만류했다.

"괜찮아요, 다니엘. 장 피에르 교수님. 계속 말해주시죠."

"크흠, 그러나 오늘 당신의 연주를 듣고 저는 깨달았습니다. 당신은 진짜 피아니스트라는 것을요. 그래서 이렇게 사과를 하고자 합니다."

장 피에르 교수가 고개를 깊숙이 숙여보였다.

그때였다. 계단을 따라 심사위원장을 비롯한 심사위원들이 내려오기 시작했다.

쇼팽 국제 피아노 콩쿠르 결과가 발표될 시간이었다.

한수는 심사위원들을 바라보다가 장 피에르 교수를 돌아봤다.

그는 여전히 고개를 숙인 채 있었다. 한수가 그를 보며 말했다.

"괜찮습니다, 장 피에르 교수님. 그 당시에 저는 피아노를 잘 몰랐습니다. 그냥 어중간하게 남들 흉내를 낼 정도였죠. 장 피에르 교수님이 그렇게 말씀하신 것도 이해가 갑니다. 그만큼 당신은 피아노를 아낀다는 뜻이겠죠."

"……이해해 주셔서 감사합니다."

장 피에르 교수는 뜻밖의 얼굴로 한수를 바라봤다.

설마 하니 이렇게 한수가 인정할 줄은 몰랐다는 모습이었다.

한수가 재차 말했다.

"그러나 그 날 저는 당신의 말을 듣고 치기 어린 선택을 하고 말았습니다. 하하. 그래서 지금 이 자리에 서 있게 됐죠."

"그것은……."

"그러나 저는 지금 당신에게 감사 인사를 전하고 싶습니다. 그 덕분에 저는 진짜 피아노가 무엇인지 깨달을 수 있었습니다. 만약 당신이 아니었다면 저는 피아니스트가 될 수 없었을 겁니다."

한수가 환하게 웃었다.

그 미소에 장 피에르 교수는 자신이 완벽하게 졌다는 걸 깨달았다.

그가 한수에게 해줄 수 있는 말은 단 하나였다.

"맞습니다. 당신은 진짜 피아니스트입니다."

그러는 동안 심사위원들이 단상에 섰다. 그리고 그중 심사위원장이 앞서 나와 말을 꺼내놓기 시작했다.

"많이 기다리게 해서 죄송합니다, 여러분. 우리는 정말 여러모로 심사숙고를 거듭했고 최종적인 결정을 내릴 수 있었습니다. 이번 심사위원들의 결정은 발표가 끝나는 대로 따로 벽보로 붙일 것입니다. 결과는 공정하게 이루어졌으며 우리는 우리 소신대로 투표에 참여했습니다."

심사위원장은 그와 함께 발표를 시작했다.

"우선 상위 여섯 명을 발표하기 전 각 분야에서 최고의 모습을 보여준 참가자들을 호명하도록 하겠습니다."

그가 이야기하는 건 최고의 폴로네이즈, 마주르카, 협주곡 그리고 소나타 상 수상자를 일컫는 것이었다.

심사위원장이 입을 열었다.

"우선 최고의 폴로네이즈 상입니다."

폴로네이즈(Polonaise)는 폴란드의 대표적인 민족무용으로 조국을 사랑한 쇼팽이 여러 번 작곡하였다.

이 중에서도 폴로네이즈 OP.53 Polonaise in A flat major Op.53은 영웅으로 잘 알려져 있는데 마요르카 섬에서 돌아온 쇼팽이 아우구스트 레오에게 의뢰를 받아서 쓴 곡이다. 영웅이 고난과 어려움을 극복하고 승리하는 내용을 담고 있다.

심사위원장이 최고의 폴로네이즈 상을 수상할 수상자를 발표했다.

"한스 강!"

심사위원장의 호명과 더불어 카메라 플래시가 터져 나왔다.

한수는 자신이 호명됐다는 것에 입가에 미소를 그렸다.

박수갈채가 쏟아지는 가운데 두 번째 발표가 이어졌다.

이번에는 최고의 마주르카 상이었다.

그리고 최고의 마주르카 상을 수상한 건 리위한이었다.

리위한은 고개를 숙여 보이며 열광적인 성원에 화답했다.

협주곡 상을 수상한 건 강한수였고 소나타 상을 수상한 건 폴란드의 스타 피아니스트 안토니였다.

그렇게 네 번의 시상식이 끝난 뒤 파이널에 오른 참가자 열두 명 중 상위 6인 안에 든 참가자를 호명하기 시작했다.

6위, 5위, 4위까지 순서대로 발표가 났다.

아직도 호명되지 않은 건 강한수, 리위한 그리고 안토니 이렇게 세 명이었다.

이제 이들 세 명이 1위부터 3위까지 수상하리라는 건 어느 정도 명백한 사실이었다.

남은 건 누가 1위를 차지하느냐, 그 여부였다.

승부의 세계는 냉혹하며 1위를 차지해야만 모든 스포트라이트를 온전하게 받을 수 있기 때문이다.

그때 심사위원장이 먼저 3위를 발표했다.

"3위, 위한 리!"

웅성거림이 커졌다.

뜻밖의 결과였다.

1위 내지 2위가 유력시해 보였던 리위한이 3위를 수상했다.

그것도 잠시 사람들이 박수갈채를 보냈다.

리위한은 아쉬움이 가득한 얼굴로 고개를 숙여보였다.

그리고 2위가 발표됐다.

'설마……?'

사람들이 고개를 갸웃거렸다.

혹시 하는 생각이 들었다.

2위가 강한수가 되고 1위가 안토니가 되는 것이 아닌가 하는 그런 느낌이 있었다.

리위한이 3위를 차지한 이상 1위는 강한수가 되어야만 했다.

그렇지만 이곳은 폴란드. 어떤 일이 벌어져도 그건 이해가 가능한 것이었다.

마침내 심사위원장이 입을 열었다.

"2위. ……안토니 크라쿠프!"

안토니가 고개를 끄덕였다. 그도 예상했던 결과였다.

2위 내지 3위일 거라고 생각했는데 그 예상이 들어맞았다.

그는 1위를 강한수가 수상할 것이라고 이미 예상하고 있었다.

그러자 모든 카메라가 한 사람을 비추기 시작했다.

전 세계 곳곳에 라이브로 중계되는 이 영상에 한수의 얼굴이 비쳤다. 그리고 심사위원장이 그것에 쐐기를 박았다.

"1위, 한스 강!"

그 발표가 끝나기가 무섭게 우레와 같은 박수갈채가 쏟아졌다.

그때 심사위원장이 말을 덧붙였다.

"이번 1위는 만장일치로 결정이 되었습니다."

그 의미인즉슨 강한수의 평균 점수는 1점이라는 의미였다.

1위는 1점, 2위는 2점 이렇게 채점을 매긴 다음 심사위원의 수로 평균 점수를 나누게 되어 있기 때문이다.

모든 결과가 발표가 났다.

한수는 최고의 폴로네이즈 상과 최고의 협주곡 상 그리고 대상을 수상했다.

다니엘과 사이먼이 그런 한수를 번쩍 안아 들었다.

"뭐, 뭐하는 거예요!"

"뭐하긴. 축하를 해야지! 하하하."

사이먼이 호방하게 웃음을 터뜨렸다. 그러는 사이 카메라 플래시가 연신 터졌다.

호주머니에 들어 있던 휴대폰이 연달아 울려댔다.

한수가 그동안 교제하며 알고 지내던 수많은 사람이 한수에게 축하 인사를 보내오고 있었다.

심사위원들은 그런 강한수를 보며 환하게 미소 지었다.

오늘 그가 보여준 연주는 역사상 최고의 연주라고 해도 과언이 아니었다. 그리고 그는 대상을 수상할 자격이 충분했다.

쇼팽 국제 피아노 콩쿠르가 끝이 났다.

다음 날 오전 전 세계는 쇼팽 국제 피아노 콩쿠르 소식으로 떠들썩해졌다.

전 세계의 모든 언론이 이번 결과를 대서특필했다.

특히 강한수가 대상을 수상했다는 걸 지면에 실으며 쇼팽이 환생했다고 소개한 언론도 있었다.

한수는 호텔에서 일어났다.

어젯밤 그는 결과가 발표 난 뒤 참가자들끼리 모여 뒤풀이를 해야 했다.

참가자 모두 그의 수상을 진심으로 축하해 줬다.

처음에는 한수가 이곳 쇼팽 국제 피아노 콩쿠르에 참가한 목적을 두고 그를 백안시하는 경우가 많았지만 파이널 무대에서의 연주를 듣고 진심으로 한수에게 탄복하는 사람이 늘어났기 때문이다.

파이널 무대에서 한수가 보여준 연주는 그 정도로 사람의 마음을 잡아당긴 것이었다.

그리고 오늘 호텔에서 깬 한수는 아침 일찍 씻자마자 조식도 먹지 못한 채 다시 이번 콩쿠르가 열린 바르샤바 필하모닉을 방문해야 했다.

이후 일정 때문이었다.

심사위원장이 한수를 보며 물었다.

"미스터 강, 오늘 갈라 콘서트 이후 우리는 내년 2월까지 연주회를 다닐 예정입니다. 그리고 우승자인 당신은 당연히 이번 연주회에 참가해야 할 의무가 있습니다."

"하지만 저는 영화 촬영 때문에 바쁩니다. 연주회까지 소화하기에는 제 시간이 부족합니다."

"그렇지만 대상을 수상한 수상자가 참가하지 않는다면 우리 콩쿠르 협회의 명예가 크게 훼손될 것입니다. 재고해 주시길 바랍니다."

한수가 당혹스러운 얼굴로 백발의 심사위원장을 바라봤다.

하지만 그가 하는 말이 이해가 안 되는 건 아니었다.

쇼팽 국제 피아노 콩쿠르가 끝나는 대로 연주회가 열리는 건 당연한 일이었다.

당연히 대상 참가자는 참가해야만 했다.

물론 부득이한 사정이 생긴다면 참가하지 않을 수도 있지만 여태껏 그런 예외적인 사정이 생긴 경우는 단 한 차례도 없었다.

피아니스트이자 쇼팽 국제 피아노 콩쿠르 대상자인 자신의 이름을 세계에 널리 알릴 수 있는 기회가 주어지는 것이기 때문이다.

하지만 한수는 이미 세계적으로 유명한 인사였다.

그뿐만 아니라 그의 스케줄은 빡빡하게 차 있었다.

개중 대부분은 영화 촬영이었다.

그랬다.

그는 다른 평범한 일반인이 아니었다. 또, 그는 피아니스트가 되지 않아도 되는 사람이었다.

심사위원장은 미리 그를 뒷조사했고 그가 이번 연주회에 참가하지 않을 가능성이 있음을 알고 있었다.

그는 미슐랭 3스타 레스토랑의 헤드 쉐프 못지않은 요리 실력을 갖추고 있는데도 불구하고 쉐프가 되지 않았기 때문이다.

그런 사람이기 때문에 피아니스트의 길 또한 과감하게 포기할 수 있는 것이다.

결과적으로 지금은 쇼팽 국제 피아노 콩쿠르 협회가 고개를 숙인 채 그에게 부탁해야 하는 상황에 놓여버린 셈이었다.

어찌 되었든지 대상 수상자가 이번 연주회에 참가하지 않는다면 그 의미는 크게 퇴색해 버리기 때문이다.

무엇보다 많은 곳에서 대상 수상자인 강한수가 이번 연주회에 참가해줄 것을 원하고 있었다.

결국 한수도 한발 물러설 수밖에 없었다.

자신의 욕심 때문에 이번 쇼팽 국제 피아노 콩쿠르에 참가한 건 맞았다.

하지만 한수는 파이널 무대에서 피아니스트는 무엇인지 깨달을 수 있었다. 그리고 그는 진심으로 피아노를 사랑하게 되었다.

단순히 쇼팽 국제 피아노 콩쿠르에 참가해서 우승하고자 함이 아니라 피아노를 즐기며 연주할 수 있게 된 것이었다.

그랬기에 지금은 보다 더 피아노를 연주하고 싶었다.

물론 그건 어디까지나 폴 그린그래스 감독이 허락해 준다는 전제하에 가능한 일이었다.

만약 지금 당장 촬영을 해야 한다면 한수는 무조건 할리우드로 돌아가야 했다.

그 계약이 우선시하기 때문이다.

한수가 그 점을 심사위원장에게 이야기했다.

심사위원장은 크게 한숨을 내쉰 다음 고개를 끄덕여 보였다.

한수는 그 자리에서 폴 그린그래스 감독에게 전화를 걸었다.

어젯밤 그는 제니퍼 로렌스 다음으로 한수에게 축하 인사를 남겨놓았었다.

전화를 걸자마자 그가 곧장 전화를 받았다.

-한스, 쇼팽 국제 피아노 콩쿠르에 우승한 걸 진심으로 축하하네. 하하, 자네 덕분에 홍보팀이 난리가 났더군.

"예?"

-자네가 어련히 알아서 홍보를 해준다고 싱글벙글이야. 홍보비를 아낄 수 있어서 행운이라고 하더군.

"그, 그렇군요. 그보다 제가 오늘 전화를 한 건 다른 이유가 아니라……."

한수는 자초지종을 설명했다.

가만히 이야기를 듣고 있던 폴 그린그래스 감독이 물었다.

-만약 추가 촬영이 필요하다고 하면 어떻게 할 생각인가?

"그럼 곧장 로스앤젤레스로 돌아가야겠죠. 무엇보다 가장 우선시되는 계약은 그것이니까요."

-흐음, 그런가?

잠시 동안 침묵이 이어졌다. 한수가 그 대답을 기다릴 때였다.

폴 그린그래스 감독이 말했다.

-돌아오지 않아도 되네.

"예?"

-돌아오지 않아도 된단 말이네. 이미 자네가 필요한 촬영은 모두 끝이 났네. 어찌 된 게 단 한 씬도 추가 촬영이 필요 없을 정도로 완벽하게 해내서 말이야. 하하, 자네 얼굴이 보고 싶어서 추가 촬영이 있다고 이야기하고 싶었는데 그럴 수가 없게 됐어.

폴 그린그래스 감독 말에 한수는 그제야 조금 안도할 수 있었다.

그러자 폴 그린그래스 감독이 짓궂은 목소리로 말했다.

-그 대신 유럽 대륙을 돌면서 최고의 연주회를 보여주게나.

"아, 알겠습니다."

한수는 폴 그린그래스 감독이 무엇을 이야기하고 싶어 하는지 알 것 같았다.

-그런 만큼 홍보비용도 더 많이 절감할 수 있을 테니까. 하하, 이럴 줄 알았으면 자네가 제니퍼 로렌스와 파리로 도망쳤

을 때 파리에서 피아노를 연주하는 모습을 한 씬 정도 삽입해 둘 걸 그랬군.

"……괜찮은데요?"

-응? 그런가? 흐음, 그러면 파리에서 잠깐 만날 수 있겠나?

"심사위원장님께 물어봐야겠지만 크게 문제 될 일은 없을 겁니다."

-그럼 파리에서 보게나.

한수는 웃으며 전화를 끊었다.

사실 그가 폴 그린그래스 감독의 의견에 화답한 건 제니퍼 로렌스를 보고 싶은 마음이 있었기 때문이다.

그러나 연주회 일정을 논의한 뒤 바르샤바의 호텔로 돌아왔을 때 한수는 뜻밖의 얼굴을 마주할 수 있었다.

제니퍼 로렌스, 그녀가 이곳 바르샤바에 와 있었다.

CHAPTER 5

한수는 얼떨떨한 얼굴로 그녀를 바라봤다.

어떻게 그녀가 이곳에 와 있는 건지 이해가 가질 않았다.

분명 이틀 전 통화했을 때까지만 해도 그녀는 촬영 때문에 무척 바쁘다고 들었다.

그런데 그런 그녀가 지금 이곳 바르샤바에 와 있는 것이다.

한수가 놀란 것에 그녀가 만족스럽게 미소를 지었다.

"왜? 놀랐어?"

"……어. 어떻게 여기 와 있어?"

"어떻게 왔긴. 비행기 타고 왔지."

한수가 웃었다.

그가 제니퍼 로렌스를 바라보며 재차 말했다.

"그런 거 묻는 게 아닌 거 알잖아. 내 방에서 나오는 걸 보면…… 둘 중 한 사람이 도와준 모양이네?"

한수가 뒤를 돌아봤다.

다니엘과 사이먼.

둘 다 어색하게 눈을 피하고 있었다.

"……어쩌면 둘 다 도와준 걸지도 모르고."

한수가 눈매를 좁혔다.

하지만 막상 제니퍼 로렌스가 눈앞에 서 있자 가슴이 묘하게 두근거렸다.

늘 보던 버버리힐즈가 아닌 외딴 나라여서 그런 것일지도 모른다.

그때 제니퍼 로렌스가 한수에게 안겨들며 말했다.

"쇼팽 국제 피아노 콩쿠르 우승한 거 축하해."

"아, 고마워. 제니퍼."

그녀가 상큼하게 웃었다. 한수가 어색하게 미소를 지었다.

그 모습을 보던 사이먼과 다니엘이 헛기침을 하며 말했다.

"크흠, 우린 이만 자리를 피해줄게."

"가자고."

두 사람은 황급히 자리를 떴다.

두 사람이 떠나고 단둘이 남게 됐을 때 일단 한수는 제니퍼 로렌스와 함께 호텔 안으로 들어왔다. 제니퍼 로렌스가 미소

지으며 말했다.

"두 사람한테 너무 뭐라고 하지 마. 내가 도와달라고 해서 그런 거니까."

"알았어. 그보다 영화 촬영 중이라고 하지 않았어? 이렇게 와도 되는 거야?"

"이미 촬영은 다 끝났어. 그리고 우리 파리에서 추가 촬영하기로 했다며?"

방금 전 폴 그린그래스 감독하고 통화한 이후 결정 난 일이다.

아마도 폴 그린그래스 감독은 곧장 제니퍼 로렌스한테도 파리에서 추가 촬영하기로 한 걸 고지했던 모양이다.

한수가 고개를 끄덕였다.

"응. 이번에 쇼팽 국제 피아노 콩쿠르에서 우승한 걸 감독님께서 써먹고 싶으신 모양이야. 우리 파리로 도망쳤을 때 내가 잠깐 피아노 연주하는 영상을 포함시키고 싶으신 거 같아."

"그럼 이렇게 오길 잘했네."

"너 매니저는? 소속사한테는 알린 거야?"

제니퍼 로렌스가 웃으며 말했다.

"오빠한테는 말해뒀어. 걱정하지 말고 다녀오래. 오빠는 늘 내 편이라니까?"

제니퍼 로렌스 말에 한수가 웃으며 말했다.

그 역시 제니퍼 로렌스의 친오빠를 만난 적이 있었다.

제니퍼 로렌스의 친오빠는 지금 그녀의 매니저 노릇을 하고 있었는데 제니퍼 로렌스의 친오빠여서 그런지 키 크고 잘생긴 전형적인 배우상의 미남자였다.

다만 본인은 배우 생활은 관심이 없다고 해서 제니퍼 로렌스의 매니저 역할만 도맡아 하고 있는 것으로 알고 있었다.

제니퍼 로렌스가 매년 벌어들이는 수입이 워낙 어마어마하다 보니 그녀 매니저 역할만 도맡아 해도 바쁠 게 분명했다.

어쨌든 제니퍼 로렌스의 친오빠가 알고 있다면 한수 입장에서도 크게 부담은 없었다.

또 제니퍼 로렌스는 진짜 프로였다. 그녀가 촬영을 내팽개친 채 이곳으로 올 리도 없었다.

어쨌든 한수 입장에서는 더할 나위 없이 좋은 상황이었다.

그래도 최근 호감을 갖고 만나는 여자친구가 자신이 머무르고 있는 바르샤바의 호텔로 넘어온 것이니 말이다.

한수가 제니퍼 로렌스를 쳐다보며 물었다.

"숙소는 잡았어? 지금 쇼팽 국제 피아노 콩쿠르 기간이라서 숙소 잡는 거 어려웠을 텐데."

"내가? 내가 왜?"

"응?"

"너하고 같이 지내면 되잖아. 굳이 숙소를 따로 잡아야 해?"

제니퍼 로렌스의 질문에 한수가 머뭇거렸다.

그는 애쉴리, 아니, 에바 로렌과 첫 경험을 치렀다. 그 이후 그녀를 진짜 좋아했지만 알고 보니 그녀는 CIA에서 보낸 스파이였다.

그렇게 한번 크게 데인 이후 한수는 호감을 품는 것과 별개로 잠자리 문제만큼은 별개로 생각하고 있었다.

물론 한수가 원한다면 그와 잠자리를 갖고 싶어 하는 여자는 손으로 셀 수 없을 만큼 엄청 많을 것이다.

한수에게는 부와 명예 등 모든 걸 가지고 있으니까. 그러나 한수는 보다 더 신중해지기로 마음먹었다.

자신이 점점 더 유명세를 쌓을수록 그만큼 책임 또한 막중해진다는 걸 알고 있어서였다.

하지만 제니퍼 로렌스한테 이런 한수의 생각은 불만이었다.

그녀가 한수한테 가지고 있는 딱 하나의 불만이기도 했다.

그래서 자신에게 성적 매력이 없어서 한수가 이렇게 하는 건가 하는 생각을 가진 적도 있었을 정도였다.

세계에서 손꼽히는 섹시 스타이기도 한 자신인데 어째서 한수는 자신을 꺼리는지 그게 영 마음이 탐탁지 않았다.

실제로 사귀기로 한 이후에도 성관계는 단 한 번도 가진 적이 없었으니까.

그러나 오늘만큼은 이 문제에 대해 정답을 들을 생각이었다.

한수는 어떨지 모르지만 이런 문제는 장기간 교제하는 데 있어서 필수적으로 서로 논의하고 가야 할 문제라고 생각하고 있었기 때문이다.

그래서 일부러 숙소를 예약하지도 않고 바르샤바로 건너온 것이기도 했다.

어차피 한수와 같은 숙소를 사용하려고 마음먹고 있었기 때문이다.

"음, 알았어. 같이 지내자."

"그래야지. 커플끼리 외국에 여행 와서 각방 쓰는 것만큼 이상한 것도 없어."

누가 봐도 그녀의 말이 맞았다.

하나 틀린 게 없는 정석적인 대답이었다.

사이먼과 다니엘은 여벌로 마련해 뒀던, 한수 옆방으로 들어왔다.

사이먼이 고개를 절레절레 저었다.

"어후, 그 제니퍼가 남자친구 때문에 이곳까지 한걸음에 달려올 줄이야. 그 정도로 한수를 좋아하는 건가?"

"그렇겠지? 그렇지 않고서야 이렇게 올 순 없을 테니까."

"부럽네. 얼굴도 예쁘고 몸매도 좋고. 아, 왜 우리한테는 할리우드 여배우들이 안 꼬이는 거지?"

"헛소리 하지 말고."

"왜? 너는 안 부럽냐?"

사이먼 말에 다니엘은 한심하다는 눈빛으로 그를 바라봤다.

그것도 잠시 다니엘이 사이먼을 보며 물었다.

"사이먼 어떻게 생각해?"

"뭘?"

"이 정도면 왜 M16하고 SAS에서 한스를 요주의 인물로 지정해 뒀는지 알 것 같지 않아?"

사이먼이 고개를 끄덕였다.

"충분하지. 그보다 한스는 세계 각국 정보국의 주요 요인으로 등재되어 있을걸?"

"그럴 거야. 개중에는 강경파도 있고 온건파도 있을 테지. 그리고 우린 강경파로부터 한스를 지켜야 하는 입장이고."

사이먼과 다니엘은 요즘 들어 한스의 경호가 점점 버거워지고 있다는 걸 느끼고 있었다.

그도 그럴 것이 시간이 지나면 지날수록 한수를 지켜보는 눈들이 많아지고 있었다.

그들 모두 세계 여러 나라의 정보국에서 보낸 요원들이었다.

그들이 한수를 주목하고 있는 건 어떻게 보면 당연한 일이었다.

그 정도로 한수가 보여준 모습은 경이로운 것이었기 때문이다.

사람이 한두 분야도 아니고 여러 분야에서 동시에 그 분야의 정점에 오른다는 건 있을 수 없는 일이었다.

그렇다고 해서 나이가 많은 것도 아니었다.

나이도 젊은 청년이 그런 일을 해낸다는 것 자체가 믿어지지 않는 일이었다.

실제로 한수를 만난 사람들 대부분 한수를 천재라고 부르길 주저하질 않았다.

천재가 아니고서야 불가능한 일을 이룩한 셈이다.

"이렇게 모여든 이유는 뭘까?"

"대부분 포섭이 가장 큰 목적이겠지."

온건파 대부분은 한수를 회유하고자 들 것이다.

자국의 시민권을 주고 여러 혜택을 부여함으로써 인재를 포섭하는 것이다.

반면에 강경파에서는 한수를 납치하려 할 것이다.

심각하면 고문 또는 해부로 한수의 비밀을 밝혀내려 할 것이다.

두 사람은 그것을 방지하고 한수를 보호할 필요가 있었다.

"도대체 어떻게 저런 게 가능한 걸까?"

"글쎄. 천재여서 가능한 거 아니었어?"

"천재라고 해도 말이 되는 수준이어야지."

다니엘은 혀를 찼다.

한수를 경호한 지 얼마 안 됐지만 그들이 보는 한수는 그냥 괴물 그 자체였다.

한수는 제니퍼 로렌스와 함께 호텔 창문을 통해 야경을 바라봤다.

바르샤바 시내가 한눈에 들어왔다.

두 사람은 크래커를 곁들여서 와인을 마시며 이야기를 나누고 있었다.

"그래서? 이젠 뭘 할 건데?"

"글쎄. 뭘 할까? 뭐든 다 가능한데."

"골프도 가능해?"

"그럼. 문제없지."

"F1은?"

"그것도 어렵지 않아."

"……그럼 의학도 가능해?"

한수가 곰곰이 생각에 잠겼다.

의학은 난해한 영역이다.

「유튜브(Youtube)」까지 확보했으니 불가능한 건 아니다.

그러나 전문 지식 수준으로 의학 능력을 확보하려면 다른 방법을 찾아야 한다.

하위 카테고리에 있는 「메디컬 TV」로는 기본 상식 수준의 의학만 습득할 수 있다.

'아니면 의대로 진학을 하면…….'

그렇다면 시간을 꽤 많이 소요해야겠지만 의사가 되는 것도 가능할 것이다.

한수가 흔쾌히 대답했다.

"시간이 오래 걸리겠지만 가능하겠지."

"진짜 궁금해서 물어보는 건데 그게 어떻게 가능해?"

한수가 머쓱하게 웃었다.

다니엘과 사이먼도 종종 한수에게 물어보던 질문이다.

그러나 한수는 곧이곧대로 모든 걸 말할 수 없었다.

누가 봐도 채널 마스터의 능력은 이질적이며 현존하는 지구의 기술로는 만들어낼 수 없기 때문이다.

외계의 기술인지 아니면 먼 인류의 기술인지 모르겠지만 어쨌든 한수는 이 특별한 기연 덕분에 이렇게 다재다능한 인간이 될 수 있었던 것이었다.

"글쎄. 천재여서 가능한 건가?"

"뭐야. 자기 입으로 자기가 천재라는 거야?"

한수가 웃으며 제니퍼 로렌스의 허리를 감싸 안았다.

"그거 말곤 딱히 설명할 말이 없어서 그렇지."

"쳇, 다른 사람이 그랬으면 재수 없었을 텐데."

"그런데?"

"너는…… 쩝, 당연한 말이라서 재수 없다고도 못하겠네."

"하하."

한수가 미소를 지었다.

입을 삐쭉 내밀며 토라진 듯한 제니퍼 로렌스는 그 어느 때보다 더 사랑스럽게 보이고 있었다.

그때 제니퍼 로렌스가 한수를 보며 물었다.

"한스, 오늘도 각방 쓸 거야?"

한수가 잡은 호텔 방은 로열 스위트룸이다.

침실만 5개 있다.

한수가 제니퍼 로렌스를 바라봤다.

그녀 눈에는 자신에 대한 사랑이 풍부하게 담겨 있다.

에바 로렌 때문에 그녀를 밀어내야 할까?

한수는 서서히 머릿속에서 에바 로렌의 얼굴이 지워져가는 걸 느꼈다.

그 대신 제니퍼 로렌스가 환하게 웃는 얼굴이 그 빈자리를 메워가고 있었다.

한수가 제니퍼 로렌스를 향해 입을 열었다.

"각오는 되어 있겠지?"

"뭐?"

"각오 말이야."

"무슨 각오?"

"오늘 잠 안 재울 거니까 각오해 둬."

한수 말에 제니퍼 로렌스가 코웃음을 쳤다.

"하나도 걱정이 안 되는데?"

한수가 어깨를 으쓱거렸다. 그에게는 채널 마스터의 능력이 있다. 그리고 그는 성인 채널을 하나 확보해 둔 상태다.

물론 성인 채널은 완벽하게 마스터했다. 그리고 두 사람은 누가 뭐라 할 것도 없이 서로 뒤엉켰다.

이미 두 사람 눈동자에서는 서로 불꽃이 튀기고 있었다.

다음 날 아침 한수는 조식을 챙겨먹기 위해 3층에 위치해 있는 레스토랑으로 향했다.

조식은 뷔페 형식으로 별것 없었다. 하지만 한수가 레스토랑에 내려오자 사람들의 이목이 그에게 쏠렸다.

그러나 뒤에 다니엘과 사이먼이 서 있는 탓에 누구 하나 쉽게 다가오질 못하고 있었다.

그때였다.

예쁘장하게 생긴 꼬마 여자애가 한수에게 조심스럽게 걸어왔다.

한수가 그녀를 바라봤다. 그녀가 메모지를 한수에게 내밀며 말했다.

"어제 연주 너무 좋았어요. 사인 한 장만 해주시면 안 돼요?"

이제 중학생쯤 되어 보이는 나이.

한수는 스스럼없이 허리를 숙여 그녀에게 사인을 해서 건넸다.

그녀가 해맑게 웃어보였다.

한수는 그녀에게 사인을 해준 뒤 호텔 레스토랑에서 음식을 접시에 담기 시작했다.

다니엘과 사이먼도 조식을 챙겼다.

그리고 비어 있는 자리로 와서 앉았을 때 사이먼이 한수에게 물었다.

"제니퍼는?"

"아, 호텔에 있어요."

"같이 조식 먹으러 오지?"

"몸이 아파서 누워 있겠다고 하더라고요."

"응? 어디 아파?"

어제까지만 해도 몸 멀쩡하고 쌩쌩해 보이던 제니퍼 로렌스다.

그런 그녀가 바르샤바에 온 지 하루 만에 아프다고 하니 두 사람으로서는 당혹스러워할 수밖에 없었다.

한수가 멋쩍게 웃었다.

"시차 적응이 아직 안 된 모양이에요."

"그래? 흐음, 그러면 어쩔 수 없지 뭐."

다들 아쉬움에 한숨을 내쉬었다.

제니퍼 로렌스는 할리우드 최고의 여배우 중 한 명이다.

한수의 여자친구라고 하나 미녀와 함께 밥을 먹는 것만큼 즐거운 일은 없다.

더군다나 그 미녀가 말도 잘 통하고 성격도 사근사근하다면 더할 나위 없다.

내심 두 사람은 한수가 제니퍼 로렌스와 서로 잘 되어서 오래오래 만났으면 하는 바람을 하고 있었다.

그 정도로 제니퍼 로렌스는 활발하면서 강단 있고 또 굽힐 때는 굽힐 줄 아는 그런 여자였기 때문이다.

그런 그녀가 아프다고 하니 두 사람으로서는 걱정이 될 수밖에 없었다.

제니퍼 로렌스의 이야기는 뒤로 한 채 사이먼이 한수를 보며 물었다.

"바르샤바에는 언제까지 머무를 거야?"

"한동안 이곳에서 머물러야 돼요."

"무슨 일 있어?"

"이번 쇼팽 국제 피아노 콩쿠르에서 우승했잖아요. 오늘 바로 갈라쇼가 있고 내일부터는 한동안 순회공연을 돌아야 해요."

"순회공연?"

"예, 유럽 위주로 돌 예정이에요. 그 이후에도 제가 참여할지는 아직 결정되지 않았어요. 그래도 우승자니까 최소한의 행사는 참가해야죠."

"그 와중에 파리에 들리게 되면 거기서 영화 추가 촬영을 하겠군."

"예, 맞아요."

한수가 고개를 끄덕였다.

쇼팽 국제 피아노 콩쿠르는 끝이 났지만 아직 해야 할 일은 많이 남아 있었다.

제니퍼 로렌스가 침대에서 몸을 일으킨 건 오후 무렵이 되어서였다.

어젯밤부터 오늘 새벽까지 이어진 불타오르는 밤.

시차 적응 때문에 일어나지 못한 건 아니었다. 어디까지나 그건 한수 때문이었다.

그리고 제니퍼 로렌스는 한수하고 절대 헤어질 수 없겠다고 스스로 생각하고 있었다.

그것도 잠시 오늘은 한수의 갈라쇼가 있는 날이었다. 그리고 이번 갈라쇼에서는 특별히 한수가 쇼팽 협주곡 2번을 연주하기로 되어 있었다.

쇼팽 협주곡 1번과 달리 2번은 좀처럼 쇼팽 국제 피아노 콩쿠르 파이널 무대에서 사용되지 않는 곡이었다.

자신의 역량을 완벽하게 보여주기에 조금 밋밋할뿐더러 곡 길이도 1번에 비해서 짧기 때문이다.

그런 2번을 한수가 1번 못지않게 펼쳐 보이겠다고 선언한 뒤 바르샤바 필하모닉 콘서트홀은 쇼팽 국제 피아노 콩쿠르 파이널 당일 못지않게 뜨겁게 달아올라 있었다.

완벽한 연주로 피아노 협주곡 1번을 연주하며 쇼팽 국제 피아노 콩쿠르에서 우승했던 강한수. 그가 이번에는 어떤 2번을 연주할지 그 점이 기대됐기 때문이다.

그리고 사람들은 깨달을 수 있었다.

강한수, 그는 확실히 사람들의 마음을 잡아당기며 사소한 것으로도 기대를 불어넣어 줄 수 있는 최고의 피아니스트라는 것을.

"제니퍼, 준비 다 됐어요?"

"곧 끝나가요."

제니퍼 로렌스는 한껏 몸을 치장 중에 있었다.

오늘 갈라 콘서트에 그녀 역시 초대되었다.

당연한 일이었다.

한수가 직접 그녀를 에스코트할 수는 없지만 한수의 피아노 연주를 직접 듣기 위해 그녀는 이곳 바르샤바에 왔다.

비록 그가 파이널에서 우승할 때 했던 연주는 듣지 못했지만 오늘 라이브를 들을 수 있다는 것만으로도 족했다.

그녀는 몸의 실루엣을 고스란히 드러내는 까만색 시스루 드레스를 입었다.

S라인으로 된 굴곡진 몸매가 제대로 드러났다.

드레스를 입은 그녀는 화장대 앞에 놓여 있는 초록색 박스를 집어 들었다.

한수가 바르샤바 필하모닉 콘서트홀로 떠나기 전 미리 화장대 앞에 올려두고 갔던 것이었다.

그녀는 초록색 박스를 열었다.

그 안에는 큼지막한 다이아몬드가 박힌 목걸이가 요요로운 빛을 뿜어내고 있었다.

제니퍼 로렌스는 목걸이를 조심스럽게 꺼내 들었다. 그리고 그대로 목에 목걸이를 걸었다.

아름답게 빛나는 다이아몬드가 그녀 목에 걸린 채 눈부시게 빛을 뿜어내고 있었다.

만반의 준비를 모두 한 지금.

남은 건 바르샤바 필하모닉 콘서트홀로 가는 것뿐이었다.

그리고 그녀를 위해 다니엘이 대기 중이었다.

한수는 바르샤바 필하모닉 콘서트홀에서 콘서트마스터를 만나볼 수 있었다.

바르샤바 필하모닉 콘서트홀의 콘서트마스터 체스와프가 한수를 반갑게 맞이했다. 그는 다짜고짜 한수를 꽉 끌어안았다.

한수의 얼굴이 붉어졌다.

그가 당혹스러운 얼굴로 물었다.

"갑자기……."

"하하, 근래 들어 클래식 음악계를 진동시키는 최고의 피아니스트가 우리 바르샤바 필하모닉 악단에 왔는데 기쁘게 마중해야 하지 않겠나? 자네가 워낙 바쁜 탓에 순회공연을 못 다닐 줄 알았는데 함께 다닐 수 있게 돼서 다행이네."

"저야말로 영광입니다."

한수가 고개를 꾸벅 숙여 보였다. 그리고 또 한 사람이 한수에게 걸어왔다.

그는 바르샤바 필하모닉 관현악단의 상임 지휘자 필립 마젤이었다.

올해 64살의 필립 마젤은 한수를 보며 흐뭇하게 미소를 지어보이고 있었다.

“반갑네.”

그는 어젯밤 파이널 무대에서 자신의 연주를 힘 있게 이끌어줬던 바로 그 지휘자이기도 했다.

그 덕분에 한수는 자신의 실력보다 더 뛰어난 연주를 해보일 수 있었다.

“안녕하십니까? 미스터 마젤.”

“그래, 우리 우승자의 컨디션은 어떤가? 밤새 잠을 못 잔 것 같아 보이네만.”

미스터 마젤이 짓궂은 목소리로 물었다.

이미 제니퍼 로렌스가 바르샤바에 도착했다는 건 각종 언론들이 기사화한 덕분에 잘 알려져 있었다.

필립 마젤이 농담 섞어 꺼낸 이야기에 한수가 머쓱하게 웃었다.

“별일 없었습니다.”

“정말인가? 그 정도 미녀가 남자친구를 보고 싶어서 이역만리까지 찾아왔는데 아무 일도 없었다고?”

한수는 포커페이스를 유지한 채 대답했다.

“예.”

"하하, 그럴 수도 있겠지. 좋아. 그러면 어디 리허설부터 맞춰볼 텐가?"

"예, 기다리고 있었습니다."

"피아노 협주곡 1번이 아니라 2번일세. 제대로 준비하고 쫓아와야 할 거야."

"예, 마에스트로."

잠시 동안 준비 시간이 주어졌다. 쇼팽의 피아노 협주곡은 두 곡이다.

제1번 E단조 작품11과 제2번 F단조 작품21이 바로 그것이다.

피아노 협주곡 1번과 2번의 차이점은 몇 가지가 있다.

첫 번째는 곡의 길이가 다르다는 점이다. 그런 만큼 1번 협주곡이 오케스트라의 규모가 클 수밖에 없고 그런 만큼 듣는 맛이 더 살아나게 된다.

당연히 콩쿠르에서는 자신을 어필하는 게 가장 중요한 만큼 보다 더 어려운 테크닉을 요구하는 1번을 연주할 수밖에 없다.

그런데도 2번을 연주하는 경우는 곡의 길이가 짧은 만큼 유리한 점도 있어서다. 곡이 짧기 때문에 간단하며 그래서 섬세한 감정이 잘 살아난다.

즉 피아노를 잘 치는 피아니스트일수록 그 섬세함을 더욱더 잘 살릴 수 있게 되고 그것은 콩쿠르 회장에서 대부분 1번을 연주하는 다른 참가자들을 상대로 이점으로 작용하게 된다.

필립 마젤이 한창 리허설 중인 한수를 바라봤다.

그는 한수가 연주하는 피아노 협주곡 1번을 바로 옆에서 들었다.

그의 청각은 남들보다 몇십 배 더 민감하다.

그가 세계적인 지휘자가 되고 또 바르샤바 필하모닉 관현악단의 지휘자가 될 수 있었던 건 바로 이 특별한 청음 능력 때문이다.

그리고 처음 한수가 연주를 시작했을 때 바르샤바 필하모닉 관현악단의 마에스트로 필립 마젤은 자신이 잘못 들은 게 아니라는 걸 알 수 있었다.

한수의 연주는 그야말로 완벽한 다이아몬드를 보는 것만 같았다.

연주에 흠 잡을 곳이 뭐 하나 전혀 없었다.

대략 삼십 분 정도의 연주가 끝이 났다. 필립 마젤이 한수에게 박수갈채를 보냈다.

"하하, 대단하군. 대단해."

콘서트악장 체스와프가 필립 마젤을 보며 물었다.

"어떠셨습니까? 마에스트로."

"자네도 내가 무슨 생각을 하고 있는지 잘 알고 있지 않은가."

필립 마젤이 핀잔을 주듯 체스와프를 쳐다봤다.

체스와프는 그 눈짓에 슬며시 미소를 지었다.

"최고였습니다. 저는 이 피아노 협주곡 2번으로 파이널 무대에 출전했어도 우승을 차지하지 않았을까 싶더군요. 하하."

"……음, 자네 생각에 나도 기꺼이 동의하네."

"역시 마에스트로도 그렇게 들으셨군요."

"그래서 더 아까운 일이지. 이렇게 걸출한 피아니스트가 이번 유럽 순회공연을 끝으로 클래식계를 떠나게 된다니. 정말 슬프고 안타까운 일이 아닐 수 없네."

"그러게 말입니다. 생각해 보니 그렇군요."

그것도 잠시 필립 마젤이 한수를 보며 물었다.

"어떤가? 한 번 더 연주해 볼 텐가?"

"예, 좋습니다."

한수가 고개를 끄덕였다.

두 사람은 완벽한 연주라고 하면서 쇼팽 국제 피아노 콩쿠르 파이널 무대에 연주했어도 우승했을 것이라고 이야기했지만, 한수에게는 아쉬움이 남아 있었다.

아직 부족했다.

보다 더 완벽에 가까워지고 싶었다.

오후 다섯 시 무렵.

바르샤바 필하모닉 콘서트홀을 수많은 사람들이 채우기 시작했다.

개중에는 세계적으로 명망 있는 마에스트로들도 있었고 피아니스트도 있었을 뿐만 아니라 전체적으로 클래식 업계에 종사하는 종사자들이 적지 않았다.

그들이 차례차례 자리에 앉는 동안 바깥이 소란스러워졌다.

그리고 사람들은 뒤를 돌아봤다가 어째서 이렇게 소란스러워졌는지 깨달았다.

검은색 시스루 드레스를 입은 눈부실 정도로 아름다운 미녀가 콘서트홀로 발걸음을 들여놓고 있었다.

제니퍼 로렌스, 이번 우승자의 여자친구가 이곳 콘서트홀에 당도한 것이다. 그리고 그녀 목에 걸려 있는 커다란 다이아몬드가 예술적으로 빛나고 있었다.

그렇게 사람들이 자리를 잡고 앉았을 때 콘서트홀이 새까맣다는 말이 어울릴 만큼 엄청나게 어두워졌다.

그리고 그 어두움을 가르며 한줄기 부드러운 빛이 선율이 되어 흘러나왔다.

피아노 협주곡 2번을 연주하기 전 한수의 독무대가 이곳 바르샤바 필하모닉 콘서트홀에서 펼쳐진 것이다.

새까맣기만 한 콘서트홀이었지만 사람들은 소요를 일으키

지 않았다.

한수의 연주가 그런 사람들이 느끼는 불안감을 꽉 억눌렀기 때문이다.

정말이지 유려하고 아름다운 연주였다.

누구 한 명 엉덩이를 떼질 못했다. 그저 그의 연주에 말없이 침묵한 채 귀를 기울일 뿐이었다.

정말 한없이 약하고 부드러운 피아니시모인데도 불구하고 그의 연주는 심장 깊숙한 곳까지 틀어박히고 있었다.

그리고 그때 무대 한가운데 조명이 뿜어졌다.

그곳에는 검은색 연미복을 입은 채 피아노 앞에 앉아 있는 젊은 동양인 피아니스트가 있었다.

이번 쇼팽 국제 피아노 콩쿠르의 우승자 강한수였다.

연주를 끝낸 뒤 그가 자리에서 일어났다. 그리고 허리를 숙여 보이며 관객들을 향해 인사했다.

그 후 상위 6위권 안에 든 다른 참가자들의 피아노 연주가 줄줄이 줄을 이었다.

중국의 샛별 리위한도 있었고 폴란드의 슈퍼 피아니스트 안토니도 있었다.

그러나 누구 한 명 이곳에 모인 관객들의 귀를 만족시켜주지 못했다.

바로 강한수.

그가 방금 전 연주한 것 때문이었다.

다들 그것 때문에 훌륭한 연주인데도 불구하고 이렇다 할 감흥을 드러내지 못하고 있었다.

그것들은 이곳에 모인 심사위원들과 클래식 업계 관계자들이 누구보다 가장 먼저 깨닫고 있었다.

'하…… 이게 가능한 일인가?'

심사위원 알프레드는 혀를 내둘렀다.

불과 어제까지만 해도 이 정도는 아니었다.

파이널 무대에서도 한수는 압도적인 실력을 보여줬다.

하지만 이 정도로 차이나진 않았다.

그러나 오늘 무대는 어제보다 더한 격차가 느껴지고 있었다.

'여자친구 때문인가?'

그가 할 수 있는 가설은 그것뿐이었다.

그리고 실제로 그 가설도 어느 정도 맞았다.

한수는 미국에서 자신을 보기 위해 이곳 바르샤바까지 날아온 제니퍼 로렌스를 위해 한계 이상으로 연주를 하고 있었다.

그러는 동안 한수를 뺀 나머지 다섯 명의 연주가 끝이 났다.

리위한은 최고의 마주르카 상을 받았듯이 마주르카를 연주했으며 안토니 크라쿠프는 최고의 소나타 상을 받은 것을 유감없이 발휘라도 하듯 소나타를 연주했다. 그리고 이제 갈라쇼의 하이라이트가 다가왔다.

갈라쇼 하이라이트를 장식하게 된 건 강한수, 그의 피아노 협주곡 2번이었다.

무대가 정돈된 다음 한수가 다시 무대로 올라왔다.

곳곳에서 박수갈채가 쏟아졌다. 기립박수를 벌써부터 보내는 사람도 있었다.

한수는 그들과 일일이 눈을 맞췄다. 개중에는 까만색 시스루 드레스를 입고 있는 제니퍼 로렌스도 있었다.

한수가 웃으며 그녀와 눈을 마주쳤다.

그녀는 얼굴을 붉게 물들이고 있었다. 그리고 그녀 목에 걸려 있는 다이아몬드 목걸이는 아름답게 빛나는 중이었다.

한수는 재차 고개를 숙여 보인 뒤 피아노 앞에 자리했다. 그러자 소란스럽던 필하모닉 콘서트홀이 순식간에 조용해졌다.

다들 침묵한 채 아무 말도 하지 못했다. 그저 빨리 연주가 시작하길 기다릴 뿐이었다.

이 숨 막히는 중압감에 클래식 업계 종사자들은 다들 속으로 혀를 내둘렀다.

세계적인 마에스트로들은 한수가 어째서 클래식 업계의 이단아라고 불리면서 동시에 슈퍼노바라고 불리는지 그 이유를 알 것 같았다.

그의 연주는 악마의 연주였다. 불과 3년 전 한스 신드롬을 만들며 뉴 브릿팝 열풍을 일으켰고 그러면서 영국과 미국을 정복했던 그는 2020년 이번에는 클래식 업계를 정복하려 하고 있었다.

무지막지한 기세였다. 노래, 축구, 연기, 음악 등 무엇 하나 가릴 것 없이 그는 정점에 올라서고 있었다.

그것 때문에 도대체 한수의 한계는 어디까지인가 관련해서 말들이 많이 오가고 있었다.

실제로 몇몇 도박꾼은 한수가 MLB나 PGA 혹은 다른 업종에 뛰어들어서 활약할 경우 어느 정도의 성과를 거둘 수 있을지에 관해 내기를 걸기도 했다.

이를 테면 MLB에서 투수로 뛰면 트리플 A까지는 가능할 것이다, 혹은 더블 A에 그칠 것이다, 아니면 명예의 전당도 가능하다.

이런 식이었다.

물론 한수가 이제 와서 MLB 드래프트에 뛰어 들리는 없겠지만 그가 얼마 전 한국에서 머무를 때 5 대 5로 아마추어를 상대로 뛰며 연달아 3점 슛을 성공하는 등 경이로운 모습을 보였기 때문에 그런 말들이 오가는 것일지도 몰랐다.

한편 콘서트홀이 조용해졌을 때 바르샤바 필하모닉이 먼저 연주에 돌입했다.

그동안 한수는 마음을 가라앉힌 채 자신의 차례가 오길 기다렸다.

3분.

3분 동안의 연주가 끝난 뒤 한수도 이 협주곡 안에 뛰어들게 된다.

1악장이 시작되고 3분이 지났을 때였다. 사람들이 침을 삼켰다. 그리고 때를 기다렸다는 듯 한수가 연주를 시작했다.

'믿어지질 않는군.'

세계적인 마에스트로이자 세계 최고의 관현악단으로 손꼽히는 베를린 필하모닉 관현악단의 지휘자이기도 한 빌헬름.

그는 이번 주 시간을 내서 바르샤바로 왔다.

쇼팽 국제 피아노 콩쿠르를 직관하기 위해서였다. 굳이 그가 번거로움을 감수하면서까지 이곳에 온 이유는 단 하나였다.

강한수.

그의 무대를 보고 싶어서였다. 그리고 실제로 그가 파이널 무대에서 우승했을 때 빌헬름은 강한수를 베를린 필하모닉으로 데려오고 싶다는 생각을 품었을 정도였다.

물론 그의 몸값이 어마 무시한 까닭에 선부르게 추진할 수는 없겠지만 그 정도로 한수의 피아노 연주는 훌륭했다.

다른 콩쿠르 참가자들과 압도적인 실력 차이가 날 정도였다.

만약 강한수가 우승을 차지 못했더라면?

아마 쇼팽 국제 피아노 콩쿠르 협회의 위상은 맨틀 아래까지 수직으로 추락했을 게 분명했다.

그러나 오늘 강한수의 갈라쇼를 보면서 빌헬름은 믿기지 않는 기적을 경험한 듯한 느낌을 받고 있었다.

대부분의 피아니스트들은 피아노 협주곡 1번보다 2번이 더 어렵다고 이야기한다.

콩쿠르에서는 1번이 보다 유용하다고 여기기 때문이다.

그렇기 때문에 정말 2번을 훌륭하게 연주할 수 없는 이상 1번을 연주하게 된다.

하지만 오늘 한수가 연주하고 있는 피아노 협주곡 2번은 그가 파이널 무대에서 연주한 피아노 협주곡 1번보다 훨씬 더 훌륭했다.

섬세하면서도 유려한 터치, 그 와중에서도 느껴지는 강렬한 파워.

그 모든 게 집약되어서 한꺼번에 터져 나오는 느낌이었다.

빌헬름 혼자 그런 생각을 하는 게 아니었다.

다른 마에스트로들도 그런 생각을 하고 있었다.

그들 모두 두 눈을 감은 채 한수의 연주를 감상하고 있었다.

그야말로 하늘 위를 떠다니는 듯한 그런 기분이었다.

삼십여 분이 지났을 때 연주가 모두 끝이 났다.

제니퍼 로렌스는 온몸에 소름이 돋아 오르는 걸 느꼈다.

정말 환상적인 연주가 아닐 수 없었다. 그녀는 한수를 가만히 바라봤다. 그가 자신의 연인이라는 사실이 믿어지지 않았다.

처음 그한테 호감을 느낀 건 버버리힐스에서였다.

버버리힐스에서 벤 에플렉의 소개로 한수를 알게 됐을 때 그 이전부터 그에 대한 소문은 전해 들어 알고 있었다.

그렇게 처음 만났을 때 그리고 함께 요리를 하면서 그녀는 한수에 대해 호감을 갖게 되었다.

처음에는 단순한 호감이었지만 그 날 이후 틈틈이 버버리힐스에서 마주하면서 그 호감이 조금씩 쌓였다.

그러다가 함께 영화 촬영을 하게 되면서 그 호감이 폭발적으로 커졌다. 그리고 오늘 제니퍼 로렌스는 그때 그 결정을 후회하지 않을 것임을 확신할 수 있었다.

그와 함께 그녀는 가장 빨리 일어서서 박수갈채를 보냈다.

눈부신 빛이 쏟아지는 이곳에 박수소리만이 남아 별처럼 뿌려지고 있었다.

그 날 갈라 콘서트가 끝이 난 뒤 각종 언론사에서 한수의 활약을 대서특필해서 다뤘다.

보도가 줄을 이었고 다음 순회공연이 벌어지게 될 베를린에 대한 관심도 늘어났다.

사람들은 너도나도 할 것 없이 지갑을 열고 이번 공연의 티켓을 구입했다.

한수는 주최측과 협의 하에 콘서트를 두 번 열기로 하였다.

한 번은 베를린 필하모닉과 다른 한 번은 바르샤바 필하모닉과 함께.

이게 바로 한수에게 청한 그들의 조건이었다. 한수는 흔쾌히 그 조건을 받아들였다. 그리 어려운 조건은 아니었다.

그리고 그는 바르샤바 필하모닉 그리고 제니퍼 로렌스와 함께 베를린으로 이동했다.

올해 11월부터 두 달 동안 열릴 유럽 순회공연이었다.

내년부터는 미국으로 옮겨 또 순회공연을 열 예정이었지만 한수의 참가는 불확실한 상태였다.

그만큼 한수가 워낙 바빴기 때문이다.

게다가 만수르 왕자가 한수를 불러들이고 싶어 하고 있었다.

2018-2019시즌에 트레블을 이룩했던 위대한 맨체스터 시티는 2019-2020시즌 무관에 그치는 수모를 떠안았기 때문이다.

그나마 챔피언스리그 진출이 가능한 4위에는 턱걸이로 들었다는 게 천만다행인 일이었다.

그것 때문에 맨체스터 시티는 또 한 번 선수들을 영입하며 부진에서 벗어날 준비를 하고 있었지만 그것만으로는 부족하다는 평이 많았다.

강한수. 그가 필요하다는 게 맨체스터 시티 고위 임원들의 주장이었다.

이들뿐만 아니라 국내 충무로에서도 한수를 찾는 영화계 관계자들이 적지 않았다.

그가 주연배우로 출연했던 영화 「버스커」는 이번에 한수가 쇼팽 국제 피아노 콩쿠르에서 우승했던 걸 계기로 또 한 번 입소문을 타며 700만 명을 넘어선 상태였다.

그 덕분에 한수의 몸값은 부쩍 치솟고 있었다.

충무로에 대형 신인이 나타났다는 평이 자자했다.

한수는 베를린에서 베를린 필하모닉의 마에스트로 빌헬름을 만날 수 있었다.

그가 한수를 보며 말했다.

"지난 번 자네 연주는 대단했네. 이곳 베를린에서도 바르샤바에서 보여줬던 그 연주를 다시 한번 재현해 주길 바라네."

한수는 목소리에서 그의 호의를 느낄 수 있었다. 그가 웃으며 말했다.

"감사합니다, 마에스트로."

"그보다 이번 순회공연에 한 차례는 우리와 한 차례는 바르샤바 필하모닉과 연주를 하기로 했는데 어떤 곡을 연주하고 싶은가?"

"음, 1번이든 2번이든 저는 상관하지 않습니다. 마에스트로의 뜻을 따르도록 하겠습니다."

한수 말에 빌헬름이 웃더니 말했다.

"그럼 2번을 연주해 보도록 하세. 괜찮겠지?"

"물론입니다."

그로부터 이틀 뒤, 베를린 필하모닉 콘서트홀에서 한수는 두 차례 연주를 가졌다.

한 번은 바르샤바 필하모닉과 쇼팽 협주곡 1번으로, 다른 한 번은 베를린 필하모닉과 쇼팽 협주곡 2번으로 연주를 한 것이다.

반응은 열광적이었다. 객석에 앉아 있는 클래식 음악 팬 모두 한수에게 감탄하며 기립박수를 보내고 있었다.

이전까지만 해도 대부분 한수를 경원시하는 분위기였다.

한수를 건방진 애송이 정도로 여겼기 때문이다. 그러나 그가 쇼팽 국제 피아노 콩쿠르에서 우승을 차지하고 그 뒤 베를린에서도 연거푸 엄청난 연주를 선보이자 지금에 이르러서는 한수를 인정하는 분위기였다.

그만큼 한수의 연주가 워낙 압도적인 탓도 있었다.

그렇게 베를린 필하모닉에서의 연주를 끝낸 뒤 한수는 베를린 필하모닉 관현악단의 단원들 및 바르샤바 필하모닉 관현악단의 단원들도 뒤풀이를 가졌다.

그때 빌헬름이 한수에게 고급 와인을 한 잔 따라주며 물었다.

"한스, 자네는 지휘를 해보고 싶은 생각은 없나?"

"지휘요?"

"그래. 자네는 뭐든 다 잘한다고 하더군. 그러면 지휘도 잘할 것 같네만. 어떤가?"

한수가 웃으며 대답했다.

"아뇨. 저는 피아노로 족합니다. 악기를 다루는 건 흥미 있는 일이지만 사람을 다루는 건 불편해서요. 그리고 나이 어린 제가 지휘를 한다고 단원들이 얼마나 저를 신뢰할지 그것도 조금 어려운 문제이고요."

피아니스트와 달리 마에스트로는 그만큼 어려운 문제였다.

실제로 젊은 마에스트로가 몇몇 있긴 하지만 세계적으로 인정받는 필하모닉의 마에스트로들은 중년인 경우가 많았다.

그렇게 베를린 필하모닉과 작별한 뒤 한수는 오스트리아의 빈에서 순회공연을 빈 필하모닉과 가진 다음 파리로 향했다. 그리고 파리에서 한수는 낯익은 얼굴들과 재회할 수 있었다.

뜻밖에도 그는 폴 그린그래스 감독이 아니었다.

감독이긴 하지만 그는 펩 과르디올라 감독이었다. 그리고 그 옆에는 만수르 왕자가 동행하고 있었다.

한수는 뜻밖의 얼굴로 두 사람을 바라봤다.

이 두 사람이 자신을 찾아온 건 의외일 수밖에 없었다.

한수가 그들을 보며 물었다.

“두 분께서 여기까진 어쩐 일이십니까? 만수르 왕자님이야 그렇다고 치고 감독님은 시즌 중이라 무척 바쁘실 텐데요.”

말 그대로다.

곧 있으면 프리미어리그는 박싱데이에 돌입한다.

영국에서는 12월 26일 박싱데이에 프리미어리그 경기를 치르는 전통이 있다. 이는 잉글랜드뿐만 아니라 스코틀랜드나 북아일랜드에서도 지켜지며 영연방 국가에서도 박싱데이에 크리켓을 하기도 한다.

그러나 선수들 입장에서는 평일에 쉬지 못하고 연이어 경기를 치러야 하는 만큼 적지 않은 피로가 누적될뿐더러 선수들의 줄부상이 일어날 수도 있다는 점이다.

박싱데이를 감안하면 펩 과르디올라 감독은 지금 이 자리에 있으면 안 되는 일이었다.

맨체스터 시티의 감독으로 그는 팀을 지휘하고 있어야 한다.

그런데도 불구하고 이곳 파리까지 온 건 그만큼 자신을 만날 필요가 있었다는 의미이리라.

"잠시 이야기 좀 나눌 수 있겠는가?"

만수르 왕자의 정중한 질문에 한수는 스스럼없이 고개를 끄덕였다.

"예, 그전에 기다려주실 수 있으실까요? 우리 인솔자한테 이야기를 좀 해야 할 듯해서요."

한수는 지금 바르샤바 필하모닉과 함께 움직이고 있었다.

그리고 이곳의 인솔자는 바르샤바 필하모닉의 콘서트마스터 체스와프였다.

그에게 미리 언질은 해둬야 했다.

그리고 난 뒤 두 사람은 호텔 1층에 위치한 커피숍으로 향했다.

파리의 중심부에 위치한 호텔로 바로 옆에 샹젤리제 거리가 훤히 내려다보이고 있었다.

그곳에서 만수르 왕자가 한수를 바라보며 말했다.

"한스, 내가 이곳까지 미리 언질도 없이 찾아온 건 맨체스터 시티의 일 때문이네."

"예, 왕자님. 짐작은 어느 정도 하고 있었습니다. 제가 맨체스터 시티 선수로 뛰어주길 바라고 계신 겁니까?"

한수 질문에 만수르 왕자가 고개를 끄덕였다.

"그렇네. 이왕이면 한 시즌이 아니라 두 시즌 정도 뛰어줬으면 하네. 선수로서의 영예라고 할 수 있는 발롱도르도 한 번

타야 하지 않겠는가?"

한수는 그 말에 웃음을 머금었다. 발롱도르. 선수의 영예다.

리오넬 메시와 크리스티아누 호날두, 두 선수가 은퇴한 지금 축구계를 지배하고 있는 선수는 모두 세 명이다.

맨체스터 시티의 케빈 더 브라이너, 레알 마드리드의 이스코 그리고 파리 생제르맹의 네이마르.

이렇게 세 선수가 각축을 벌이고 있다. 개중에서 단연 앞서 있는 건 네이마르다.

맨체스터 시티가 트레블을 이룩했을 때 케빈 더 브라이너가 발롱도르를 받았지만 그다음 해 발롱도르를 수상한 건 네이마르였다.

또한 올해에도 네이마르는 발롱도르 수상 가능성이 유력시되고 있었다.

그 덕분에 지난 시즌 파리 생제르맹은 숙원이었던 유럽 챔피언스리그 우승컵을 들어 올렸기 때문이다.

그것만 놓고 보면 만수르 왕자가 한수를 이렇게 찾아올 이유가 없다.

맨체스터 시티에도 케빈 더 브라이너라는 걸출한 천재가 있기 때문이다.

그런데 그가 이렇게 발등에 불이 떨어진 것처럼 달려온 건 다른 이유에서가 아니었다.

맨체스터 시티의 핵심 선수인 케빈 더 브라이너가 부상을 당했기 때문이다. 왼쪽 허벅지의 힘줄이 파열되면서 4개월짜리 부상을 끊어버렸다.

그것 때문에 맨체스터 시티는 초상집 분위기였다.

가뜩이나 지난 시즌도 빈곤한 득점력을 케빈 더 브라이너가 혼자 메워주며 소년가장 노릇을 했는데 이번 시즌은 그마저도 없이 해결해야 할 상황에 처해 버렸기 때문이다.

한수도 맨체스터 시티의 사정을 모르는 건 아니었다.

비록 단 한 시즌이긴 했지만 그 역시 맨체스터 시티의 선수로 뛴 경험이 있었다.

그렇지만 지금 당장 맨체스터 시티 선수로 뛴다는 건 불가능한 일이었다.

한수가 두 사람을 번갈아 보며 말했다.

“죄송합니다, 왕자님. 지금 당장은 어렵습니다. 두 분께서도 제 상황을 아시지 않습니까?”

만수르 왕자가 쓴웃음을 흘렸다.

그 역시 한수의 사정을 모르는 건 아니다.

쇼팽 국제 피아노 콩쿠르에서 우승을 차지하며 유럽 순회공연을 다니고 있다는 것도 알고 있다.

게다가 내년에는 할리우드에서 찍은 영화가 개봉할 예정이다.

거기에 본국에서 찍은 영화는 이미 관객 수를 700만 명 넘게 동원하며 흥행 중이다.

그렇다고 그가 돈이 부족한 것도 아니다.

억만금을 준다고 해도 본인이 싫으면 어쩔 수 없는 것이다.

그때 펩 과르디올라 감독이 한수를 보며 물었다.

"한스."

"예, 감독님."

"그렇다면 지금 겨울 이적 시장이 아니라 내년 여름 이적 시장에 팀에 합류해 줄 수 있겠는가?"

펩 과르디올라 감독의 제안에 한수가 멈칫거렸다.

지금은 바쁘지만 그때도 바쁠지 안 바쁠지는 생각해 본 적 없다.

고민하던 한수가 조건을 걸었다.

"좋아요. 대신 조건이 있어요."

만수르 왕자와 펩 과르디올라가 한수를 바라봤다.

한수가 걸 조건이 무엇인지 알 수 없는 까닭에 두 사람 모두 신중해져 있었다.

"일단 첫 번째는 맨체스터 시티가 챔피언스리그 진출권을 확보하고 있어야 한다는 겁니다."

펩 과르디올라의 표정이 참혹해졌다.

이번 시즌 맨체스터 시티의 전력은 지난 시즌보다 훨씬 더 약해졌다고 평가받고 있다. 더군다나 케빈 더 브라이너가 사실상 시즌 아웃인 상태이기 때문에 승점을 지키는 것도 어려웠다.

하지만 한수를 영입하고자 한다면 챔피언스리그 진출권은 반드시 얻어야 했다.

챔피언스리그에 진출하지도 못하는 구단을 한수가 굳이 뛰려 할 이유는 없기 때문이다.

더군다나 만수르 왕자가 말한 목표가 발롱도르인 이상 챔피언스리그 진출권은 무조건 필요한 것이었다.

어떻게 보면 양날의 검이 펩 과르디올라 감독한테 주어진 셈이었다.

챔피언스리그 진출권을 확보할 경우 강한수라는 최고의 축구 선수를 얻을 수 있다.

반면에 챔피언스리그 진출권을 확보하지 못한다면 강한수도 얻지 못하고 만수르 왕자의 신임도 잃게 돼서 맨체스터 시티의 감독직에서 쫓겨날 수 있다.

만수르 왕자는 대답 대신 펩 과르디올라 감독을 바라봤다.

펩 과르디올라 감독이 입술을 깨물었다.

여기서 섣부르게 물러날 수는 없었다. 그의 목표는 챔피언스리그 우승이다. 감독이라면 누구나 원하는 것이기도 하다.

세 번째 트레블을 거머쥐고 싶다.

그래서 역대 최고의 감독으로 역사에 이름을 새기고 싶었다.

펩 과르디올라 감독이 고개를 끄덕였다.

"약속하겠네. 내년 시즌 무조건 챔피언스리그 진출권을 확보해 두겠네."

챔피언스리그 진출권을 확보하기 위한 방법은 세 가지가 있다.

챔피언스리그에서 우승을 하거나 혹은 프리미어리그 상위 4위 안에 들거나 그게 아니면 잉글랜드 FA컵에서 우승을 하거나.

셋 중 하나를 이뤄야 한다.

그리고 한수가 재차 말을 이었다.

"두 번째 조건은 세계 최고 수준에 걸맞은 주급을 맞춰주십시오."

이번에는 만수르의 차례.

만수르는 흔쾌히 고개를 끄덕였다. 지금도 강한수에게 접촉하는 팀이 적지 않다.

특히 플로렌티노 페레즈 회장이 장기 집권 중인 레알 마드리드는 누구보다 절실하게 강한수를 원하고 있다.

이스코나 마르코 아센시오 같은 걸출한 영재들이 있는데도 불구하고 강한수를 그들이 원하는 이유는 단 하나.

네이마르와 음바페가 뛰고 있는 파리 생제르맹을 넘어서서 챔피언스리그 최강자로 군림하기 위함이다.

"물론이네. 최고에게는 최고의 대우가 어울리는 법이지."

그렇게 파리에서 이루어진 세 사람의 회동은 끝이 났다.

펩 과르디올라 감독은 다시 잉글랜드로 돌아갔다.

그로서는 박싱데이 준비를 소홀히 할 수 없었다.

챔피언스리그 진출권을 확보할 수 있는 세 가지 조건 가운데 가장 실현 가능성이 큰 건 프리미어리그 4위 안에 드는 것이었다.

챔피언스리그에서 우승하거나 혹은 잉글랜드 FA컵에서 우승하는 것.

둘 다 그 가능성은 희박한 편이었다.

맨체스터 시티의 현재 전력은 구멍이 송송 나 있는 치즈를 보는 것 같았다.

선수 중 선발진 대부분이 부상으로 빠져 있었다.

펩 과르디올라 감독 입장에서는 어떻게든 묘수를 발휘해야 하는 상황이었다.

펩 과르디올라 감독이 맨체스터로 돌아간 것과 달리 만수르 왕자는 파리에 남았다.

만수르 왕자는 제니퍼 로렌스와도 인사를 나눈 뒤 잠깐 외출했다가 늦은 저녁 무렵 다시 호텔로 돌아왔다. 그리고 한수와 만수르 왕자는 호텔에 있는 바(BAR)로 올라갔다.

만수르 왕자가 한수를 보며 말했다.

"이래저래 아쉬운 일이군."

"무엇이 말입니까?"

"그때 자네를 끝까지 붙잡아둬야 했어. 한 시즌만 뛰고 은퇴하겠다고 선언한 선수를 말렸어야 하는 건데 말이야."

만수르 왕자의 표정은 씁쓸해 보였다.

"죄송합니다, 왕자님."

"자네가 죄송할 게 뭐 있나. 애초에 우리 약속은 단 한 시즌뿐이었으니까."

"그렇죠."

"그래도 자네한테 빚을 지워두길 잘했어. 안 그랬으면 자네를 영입하는 건 영영 불가능한 일이었을 테니까."

그 말에 한수가 미소를 지었다.

"그래도 왕자님을 알게 되어 영광입니다."

"이게 다 노엘 덕분이지. 자네를 맨체스터 시티로 데려온 덕분에 자네를 영입할 수 있게 된 거니까."

"그러게요. 그러고 보니 노엘도 한번 만나기로 했는데 좀처럼 시간이 나질 않는군요."

한수가 머쓱하게 웃었다.

자신을 만나고 싶어 하는 사람은 너무나도 많았지만 한수가 할애할 수 있는 시간은 정말 부족했다.

그렇다 보니 옛 인연들을 만나고 싶어도 만나지 못하는 경우가 부지기수였다.

"그건 그렇고 CIA와 NSA가 얽혀 있던 일은 잘 해결이 됐는가?"

"예. 일단 뒷말은 없게끔 처리해 둔 상황입니다. 뭐, 앞으로 어떻게 될지는 조금 더 지켜봐야 하겠지만…… 문제는 없을 겁니다."

증거도 없이 자신을 조사할 수는 없을 것이다.

하지만 그래도 늘 신경이 쓰이는 건 어쩔 수 없는 일이었다.

한수는 그 이후로도 계속해서 만수르 왕자와 술잔을 기울였다.

그래도 만수르 왕자를 알게 됐다는 것, 그것 하나만으로도 한수에게는 최고의 행운이나 다름없었다.

늘 할리우드 스타들한테는 파파라치들이 뒤따라다닌다.

특히 강한수와 제니퍼 로렌스, 이 커플한테 붙은 파파라치들은 셀 수 없을 만큼 많다.

처음에만 해도 한수는 이들 파파라치를 불편하게 여겼다.

늘 어딘가에서 자신을 감시하고 다니는 이들이 여간 불편한 게 아니었다.

하지만 막상 생각해 보면 이들 덕분에 상대적으로 자신의 안전이 보장받는 것도 없지 않아 있었다.

어쨌든 그것과 별개로 어제 한수가 만수르 왕자 그리고 펩 과르디올라 감독을 만나는 것 또한 파파라치의 카메라에 포착되었다.

그들은 이것이 특종감인 걸 바로 깨달았고 곧장 영국의 몇몇 신문사에 딜을 넣기 시작했다.

제일 먼저 사진을 확보하고 거래를 연 파파라치 지갑이 두둑해졌고 동시에 신문사는 그 날 새벽녘 신문으로 특종을 터뜨렸다.

[더 썬(The Sun) - 한 시즌을 뛰었지만 레전드가 된 맨체스터 시티의 히어로(Hero)가 다시 맨체스터 시티에 합류하나?]

그 뉴스가 뜨자마자 해외 축구팬들 사이에서 난리가 일었다.

강한수, 그가 다시 축구판에 합류한다는 건 여러모로 뜨거울 수밖에 없는 소식이었다.

그리고 그 소식을 접하고 열의를 불태우는 선수도 한 명 있었다.

그는 파리 생제르맹의 에이스 네이마르였다.

바르셀로나의 레전드가 될 뻔했던 네이마르.

그러나 그는 돌연 바이아웃 조항으로 파리 생제르맹에 이적했다.

당시 바르셀로나 팬들이 느낀 배신감은 이루 말할 수 없을 정도였다.

실제로 파리 생제르맹은 네이마르 영입 이후 음바페까지 추가로 영입하며 챔피언스리그에게 돌풍을 일으켰다.

그리고 네이마르는 2019-2020시즌에 드디어 챔피언스리그에서 우승을 차지하며 발롱도르를 받을 수 있었다.

하지만 그에게 아쉬움이 있다면 크리스티아누 호날두와 리오넬 메시가 은퇴한 뒤 발롱도르를 수상했다는 것이었다.

두 사람과 함께 뛰면서 발롱도르를 수상한 게 아니라 두 사람의 시대가 저문 다음에 발롱도르를 수상했다는 게 네이마르 입장에서는 자존심 상하는 일이었다.

오히려 두 사람과 함께 뛸 때 발롱도르를 수상한 건 케빈 더 브라이너였다.

그가 크리스티아누 호날두와 리오넬 메시가 양분하고 있던 발롱도르를 유일하게 깨버린 사내였다. 그러나 네이마르는 그 사실을 인정할 수 없었다.

케빈 더 브라이너는 엄밀히 말하면 발롱도르 수상자가 될 수 없었다.

그 당시 발롱도를 받아야만 하는 선수는 강한수였다.

하지만 그가 1년을 통째로 뛰지 않았다는 것 때문에 발롱도르를 받지 못했던 것뿐이었다.

그것 때문에 네이마르는 요새 공허함에 빠져 있었다.

경쟁자로 삼을 선수가 없다는 것 때문이었다. 바르셀로나는 리오넬 메시라는 거대한 벽이 있었다.

프리메라리가에는 크리스티아누 호날두도 있었다. 그리고 챔피언스리그에는 강한수라는 존재가 있었다.

그러나 그들 세 명이 은퇴한 뒤 이렇다 할 자신의 경쟁자가 보이질 않았다.

레알 마드리드의 이스코나 마르코 아센시오, 둘 다 뛰어난 선수이긴 했지만 네이마르보다는 두 수 아래로 취급받고 있는 게 사실이었다.

같은 구단의 음바페는 자신의 경쟁자라고 하기보다는 후계자에 가까웠다.

그랬기에 목이 말랐다.

보다 더 강력한 경쟁자가 나타났으면 하는 바람이 계속 있었다.

그 와중에 강한수가 다시 복귀할 수도 있다는 기사가 뜬 것이다.

처음에는 그 기사를 보도한 것이 「더 썬(The Sun)」인 탓에 신빙성이 떨어졌지만 그 신빙성을 보강해 줄 수 있는 사진이 함께 보도되었다.

그리고 실제 그 사진에는 강한수가 만수르 구단주 그리고 펩 과르디올라 감독을 만나는 게 포착되었다.

네이마르는 그제야 승부욕을 불태울 수 있었다.

늘 최고가 된다는 건 기분 좋은 일이지만 그럴싸한 경쟁자가 없으면 그것만큼 흥미 없는 일도 없게 마련이다.

늘 최고의 선수 옆에서 함께 뛰는 최고의 라이벌이 필요하다.

리오넬 메시 곁에 크리스티아누 호날두가 있었듯이.

강한수가 복귀한다는 소식이 유럽 축구계를 뒤흔들었다. 온갖 스포츠 신문에는 그 소식이 도배되다시피 했다.

바르샤바 필하모닉 관현악단의 단원들은 신문을 보며 새삼 한수가 얼마나 대단한지 다시 한번 느낄 수 있었다.

복귀한다는 것 하나만으로 이렇게 많은 사람의 관심을 잡아끌 수 있는 건 정말 엄청난 것이었다.

그것도 잠시 그들은 다시 현장에 집중하기 시작했다.

바로 저 앞에 화제의 주인공이 피아노 앞에 앉아 있었다.

유럽 순회공연.

오늘은 라빌레트 공원 인근에 있는 파리 필하모닉홀에서 공연을 가질 예정이었다.

이미 표는 전부 다 매진된 상태였고 사람들은 강한수가 피아노 협주곡 1번을 들려줄지 혹은 2번을 들려줄지로 갑론을박을 벌이고 있었다.

한수는 파리 필하모닉홀에 앉은 채 아름답고 형이상학적으로 꾸며진 이곳 필하모닉홀을 둘러봤다.

오늘 이곳 파리에서 공연을 마친 뒤 나흘 동안 휴식을 가진 다음 그들은 마지막 순회공연을 런던에서 마무리 지을 예정이었다.

런던 필하모닉 관현악단과 가질 마지막 유럽 공연이기도 했다.

동시에 런던 필하모닉홀에서의 공연은 피아니스트로서의 한수의 마지막 무대가 될 게 분명했다.

한수는 그 생각에 순간 가슴이 아려왔다.

실제 기간은 두 달밖에 안 됐다.

꽤 오랜 시간 연습을 했지만 한수가 진짜 피아니스트가 된 건 두 달밖에 안 지난 것이다.

그런데도 불구하고 한수는 피아니스트로 활동하면서 정말 많은 걸 느낄 수 있었다.

특히 자신이 연주를 할 때마다 그 연주에 희로애락을 느끼는 수많은 관객을 보며 한수는 이루 말할 수 없는 뿌듯한 감정을 받았다.

그렇다 보니 이제 얼마 남지 않은 지금 그 아쉬움이 더욱더 강하게 묻어나올 수밖에 없었다.

그래서일까.

한수의 연주에서는 그 아쉬움이 강하게 묻어났다.

그것 때문에 지금 리허설에서 연주 중인 피아노 협주곡 2번에는 전에 없던 그리움과 쓸쓸함 같은 감정들이 묻어나오고 있었다.

한수와 합을 맞춰 연주 중이던 바르샤바 필하모닉 관현악단의 단원들도 자연스럽게 그것을 느꼈다.

그리고 리허설이 끝났을 때 바르샤바 필하모닉의 마에스트로 필립 마젤이 한수를 바라보며 말했다.

"오늘따라 유독 감정이 요동치더군. 무슨 일이라도 있는 건가?"

"아, 그게……."

머뭇거리던 한수가 멋쩍은 얼굴로 말했다.

"오늘 공연이 끝나고 나흘 정도 쉬었다가 런던에서 마지막 공연을 하잖아요."

"그렇지."

"그게 피아니스트로서 제 마지막 무대라고 생각하니까 괜히 아쉬워서요."

필립 마젤은 그 말에 씁쓸한 얼굴이 되었다.

그로서도 아쉬운 일이었다.

한수 같은 뛰어난 피아니스트가 런던에서의 콘서트를 끝으로 더 이상 그 모습을 볼 수 없게 되는 것이니 말이다.

필립 마젤이 한수를 보며 물었다.

"한스, 혹시 말이네. 피아니스트로서 조금 더 활약해 볼 생각은 없나?"

한수가 그 말에 쓴웃음을 지었다.

늘 듣는 말이다.

처음에만 해도 자신을 백안시하던 사람들은 지금에 이르러서는 자신을 경외하고 있다. 그리고 클래식 업계의 부활을 위해 한수에게 피아니스트로 보다 더 활약해 주길 바라고 있었다.

그러나 한수 입장에서도 그건 섣부르게 결정할 수 있는 일이 아니었다.

물론 피아니스트로 클래식 업계에서 계속해서 활약하는 건 나쁜 일이 아니었다.

한수는 어느 분야든지 정점에 오를 자신이 있었고 피아노를 연주하는 일 역시 자신의 적성에 잘 맞았기 때문이다.

다만 그가 망설이고 있는 건 만수르 왕자 그리고 펩 과르디올라 감독의 부탁 때문이었다.

그들이 리그 중간에 이렇게 파리까지 찾아왔다는 건 그만큼 절실하다는 의미가 내재된 것이었다.

그것을 모른 척하는 것도 한수 입장에선 어려운 일이었다.

고민하고 있는 한수 모습 때문일까?

필립 마젤이 웃으며 말했다.

"하하, 내가 자네한테 괜히 고민을 심어준 모양이군. 그래도 한번 잘 생각해 주길 바라네. 나뿐만 아니라 많은 사람이 자네가 보다 더 피아니스트로 있어 주길 바라고 있으니 말이야."

"감사합니다. 미스터 마젤."

한수는 고개를 꾸벅 숙였다.

그동안 함께 순회공연에 다니면서 필립 마젤이 얼마나 자신을 세심하게 챙기는지 한수는 누구보다 잘 알고 있었다.

그랬기 때문에 그의 마음 씀씀이가 느껴져서 아쉬움이 남았다.

그와 계속 이렇게 연주를 하는 것도 한수에게는 즐거운 일이었다.

그렇지만 한수의 몸은 한 개가 아니었다.

이럴 때는 차라리 몸이 열 개여도 부족할 것 같았다.

리허설이 끝난 뒤 잠시 쉬는 동안 한수는 몸을 계속해서 풀었다.

그러는 동안 계속해서 연락이 수시로 왔다.

대부분 맨체스터 시티에서 한수와 함께 뛰었던 팀메이트들이었다.

그들은 이번에 「더 썬(The Sun)」을 통해 접한 소식이 사실인지 아닌지 그 여부를 계속해서 묻고 있었다.

그들에게도 한수의 합류는 천군만마보다 더한 도움이었던 셈이다.

그 정도로 맨체스터 시티가 급박한 상황에 놓여 있다는 반증이기도 했지만.

어쨌든 한수로서는 섣부르게 이야기할 수 없었다.

두 가지 조건이 걸려 있었다.

개중 하나는 쉽게 들어줄 수 있는 조건이었다.

만수르에게 그 정도 조건은 별로 어려울 것 없는 손쉬운 조건이었으니까.

하지만 다른 조건 하나는 손쉬운 조건이 아니었다.

까다로웠다. 지금 맨체스터 시티의 전력으로 전문가들이 예상하는 등수는 프리미어리그 5위에서 7위 사이였다.

챔피언스리그 진출권이 주어지는 4위 안에 들지 못한다고 전문가들이 판단한 것이다.

즉 맨체스터 시티가 챔피언스리그에 진출하지 못하고 유로파리그에서 뛰게 될 수도 있는 셈이다.

'휴, 졸지에 골치 아파졌군.'

한수는 당분간 주변이 시끄러울 것을 직감했다.

그것도 잠시 쉬는 시간이 끝나고 공연 시간이 가까워졌다.

한수는 연미복으로 재차 갈아입었다. 그리고 무대에 올랐다.

이곳 파리 필하모닉 콘서트홀 역시 엄청 많은 관중으로 가득 차 있었다.

그들 모두 소문으로만 들은 강한수의 피아노 연주를 직접 듣기 위해 이곳에 찾아온 것이었다.

한수는 무대 위로 올라왔다. 그리고 피아노 앞에 선 다음 관객들을 향해 고개를 숙여 보였을 때였다.

VIP석에 익숙한 얼굴이 보였다. 한수는 의아한 표정으로 그 얼굴을 재차 바라봤다. 그런데 자신이 아는 그 얼굴이 맞았다.

살짝 당황했던 한수는 이내 신색을 회복하고 자리에 앉았다.

그리고 한수의 연주가 시작되며 이곳 파리 필하모닉 콘서트홀을 가득 메웠다.

연주가 끝난 뒤 한수는 몇몇 관객으로부터 축하인사를 건네받았다. 이들 모두 VIP 관객들로 프랑스에서도 이름 있는, 저명한 인사들이었다.

그러나 개중에는 프랑스의 유명 인사가 아닌 사람도 간혹 끼어 있었다. 그리고 한수는 그를 보며 어색한 미소를 지었다.

"오랜만에 다시 뵙는군요."

"그러게 말이네. 그동안 잘 지냈는가? 아, 이런 말을 묻는 거 자체가 이상한 일이군. 쇼팽 국제 피아노 콩쿠르에서 우승했던 사람한테 던지기엔 이상한 질문이었지? 너그럽게 이해해 주게."

"괜찮습니다, 미스터 페레즈."

한수가 어색하게 웃었다.

상대는 레알 마드리드의 회장 플로렌티노 페레즈였다.

오래전 한번 만나본 적 있던 그를 이곳 파리 필하모닉 콘서트홀에서 다시 만나게 된 것이다.

플로렌티노 페레즈가 한수를 보며 입을 열었다.

"오랜만인데 잠깐 대화를 할 수 있겠는가?"

"어려운 일은 아닙니다. 그렇게 하시죠."

두 사람은 자리를 옮겼다.

필하모닉 콘서트홀에 있는 사무실로 자리를 옮긴 뒤 플로렌티노페레즈 회장이 말했다.

"오늘 연주, 정말 잘 들었네. 내 귀가 확 트이는 느낌이었네."

"감사합니다, 회장님."

"자네가 영화배우로 나선 건 그렇다고 쳐도 이렇게 뛰어난 피아니스트가 될 줄은 생각지도 못했네."

"사람 인생이라는 게 항상 똑같진 않으니까요."

"그래도 쇼팽 국제 피아노 콩쿠르에서 우승할 줄은 생각지도 못했네. 그거야말로 정말 특별한 일이라고 할 수 있지 않겠나."

"칭찬 감사합니다. 그보다 본론으로 넘어가시죠. 회장님께서도 그 기사를 보고 이곳까지 오신 겁니까?"

플로렌티노 페레즈 회장이 이곳에 방문한 이유는 단 하나밖에 없다.

바로 자신을 영입하고자 함이다.

아마도 그것 때문에 이곳 파리로 왔을 것이다.

크리스티아누 호날두가 은퇴하고 이스코와 마르코 아센시오가 그 빈자리를 메워주고 있지만 원래 슈퍼스타의 공백은 쉽사리 메워지는 게 아니다.

만약 쉽게 메워질 거였으면 슈퍼스타라는 칭호도 붙지 않았을 것이다.

그러면서 전체적인 축구계의 헤게모니가 스페인 프리메라리가에서 프랑스의 리게 앙으로 넘어갔다.

물론 여전히 레알 마드리드와 바르셀로나, AT마드리드 같은 팀은 챔피언스리그 8강권에 늘 들고 있지만 그런데도 불구하고 부족하다는 평가가 나오고 있다.

그 모든 건 챔피언스리그 우승컵이 없기 때문이다.

플로렌티노 페레즈 회장이 자신을 찾은 것도 그런 이유에서일 가능성이 매우 농후했다.

그때 플로렌티노 페레즈 회장이 한수를 보며 말했다.

"만약 진짜 그라운드로 복귀하는 게 사실이라면 우리 구단으로 오는 게 어떻겠는가?

새로운 도전.

축구 선수라면 누구나 가고 싶어 하는 세계 최고의 명문구단 레알 마드리드.

플로렌티노 회장의 박력 넘치는 말에 한수 눈가는 파르르 떨리고 있었다.

한수는 샹젤리제 거리 옆에 있는 호텔에 머무르고 있었다.

오늘부터 나흘 동안 휴식이 주어졌다.

늦어도 내일 안에는 폴 그린그래스 감독을 비롯한 촬영팀이 할리우드에서 이곳 파리로 입국할 예정이었다.

추가 촬영 때문이었다.

나흘 동안 한수는 휴식을 가지며 추가 촬영을 가지기로 했다. 그런 뒤 제니퍼 로렌스는 다시 미국으로 귀국할 것이고 한수는 런던으로 가서 유종의 미를 거둘 터였다.

다음 날 폴 그린그래스 감독과 할리우드 촬영팀이 파리에 입국했다.

공항으로 마중을 나온 한수가 반갑게 폴 그린그래스 감독을 맞이했다.

폴 그린그래스 감독이 웃으며 말했다.

"쇼팽 국제 피아노 콩쿠르에서 우승한 걸 다시 한번 축하하네."

"감사합니다, 감독님. 운이 좋았습니다."

"운이 좋다고 그게 가능할 거라 생각하나? 그만큼 자네 연주가 훌륭했기 때문이겠지."

"빈말이어도 감사합니다. 오늘부터 바로 추가 촬영을 합니까?"

"그래야지. 또 나흘 뒤 런던으로 떠난다고 하지 않았나? 그 전에는 마무리를 지어야겠지."

"알겠습니다."

한수가 고개를 끄덕였다.

그때 폴 그린그래스 감독이 한수 옆에 서 있는 제니퍼 로렌스를 바라보며 물었다.

"제니퍼, 촬영 준비는 잘 된 건가?"

"물론이에요. 걱정하지 않으셔도 돼요."

한수 팔짱을 끼고 있는 제니퍼 로렌스를 보며 폴 그린그래스 감독은 두 사람이 연인 관계로 도약했음을 알 수 있었다.

이전에는 서로 사귀는 것 같으면서도 티를 내지 않았는데 지금은 보란 듯이 티를 내고 있었다.

아마도 조만간 두 사람의 열애설이 할리우드를 점령할 게 분명했다.

그러나 폴 그린그래스 감독은 그에 전혀 개의치 않았다.

두 사람이 사귀든 말든 그의 입장에서는 최고의 연기를 보여주면 그만이기 때문이다.

그 날 촬영팀은 호텔로 곧장 이동했다. 여독을 풀기도 전에 촬영팀은 촬영 장비를 꾸리고 나왔다.

빨리빨리 움직이는 모습에 한수가 살짝 놀란 얼굴로 폴 그린그래스 감독을 보며 물었다.

"무슨 약속이라도 하셨어요? 다들 엄청 바쁘게 움직이네요."

"아, 촬영이 일찍 끝나는 대로 휴가를 주기로 했지."

폴 그린그래스 감독이 어깨를 으쓱해 보였다.

세계적인 관광도시 파리.

촬영이 일찍 끝나면 그만큼 파리에서 휴가를 보낼 시간도 많아진다.

폴 그린그래스 감독 말에 한수가 멋쩍은 얼굴로 말했다.

"그렇게 말씀하시니까 제 어깨가 더 무거워지는 것 같은데요?"

"무거워지라고 말한 거 맞아."

"하하."

한수가 어색한 얼굴로 웃었다.

그러나 촬영팀이 조금이라도 더 길게 휴가를 즐기게 하기 위해서라도 NG 없이 촬영을 끝내야 할 듯했다.

파리 외곽 지역에 위치한 허름한 호스텔.

기존에 한수와 제니퍼 로렌스가 도망쳤을 때 향한 곳이 파리였다.

그곳에서 두 사람은 허름한 호스텔에 머무르게 되는데 이날 이후 유럽 곳곳에서 추격전을 벌이게 된다.

폴 그린그래스 감독이 추가 촬영으로 생각 중인 건 이곳 파리에서 두 사람의 러브라인 구도를 한층 더 강화할 겸 한수가 피아노를 치는 장면을 삽입할 예정이었다.

그래서 그들은 수소문을 했고 1층 홀에 그랜드 피아노를 갖추고 있는 호스텔 하나를 찾아낼 수 있었다.

장소 섭외를 담당하는 스태프가 폴 그린그래스 감독을 보며 말했다.

"이곳입니다. 어떠십니까?"

폴 그린그래스 감독은 모텔 주변을 둘러봤다.

이전에 촬영했던 곳 못지않게 마음에 쏙 드는 곳이었다.

무엇보다 1층에 그랜드 피아노가 있다는 게 가장 만족스러웠다.

그가 호스텔 주인에게 물었다.

"어떻게 해서 그랜드 피아노를 갖추고 있는 겁니까?"

"제 자식 놈이 피아니스트였습니다. 그 녀석은 늘 수업이 끝나면 이곳에 와서 피아노를 치곤 했지요."

"아……."

"그러다가 아들 녀석이 교통사고로…… 죽으면서 버릴까 했는데 아들 생각 때문에 차마 버릴 수가 없었습니다. 그래서 저렇게 홀 가운데 놔두고 있던 거죠. 뭐, 가끔 손님이 찾아와서 피아노를 쳐주면 아들 생각도 나고 버리지 않길 잘한 거 같다고 생각이 듭니다."

"그렇군요. 제가 괜한 질문을 했습니다."

"아닙니다. 그 덕분에 폴 그린그래스 감독님께서 영화 촬영 장소로 써주시게 된 거니까요. 저야말로 영광입니다. 거기에 쇼팽 국제 피아노 콩쿠르에서 우승한 피아니스트께서 연주를 해주신다니 더할 나위 없이 즐겁습니다. 제 아들도 무척 좋아할 겁니다."

한수가 웃으며 말했다.

"최선을 다해 연주하도록 하겠습니다."

그리고 촬영이 재개됐다.

두 사람이 파리의 골목을 빠르게 뛰어가고 있었다.

그런 뒤 그들은 검문 중인 경찰의 눈을 피해 낡고 허름한 모텔 안으로 들어왔다.

이곳에서 하룻밤 쉬면서 사람들의 눈을 따돌리려 함이었다. 그리고 그때 한수는 홀에 놓여 있는 피아노를 보게 된다.

둘 다 도망치느라 무척 지친 데다 정신적으로 피곤한 상황.

한수는 뭐에 홀린 듯 피아노로 다가가고 그곳에서 연주를 시작한다.

마음을 가라앉히는 연주에 홀에 있던 사람들도 정신없이 그 연주에 빠져들게 되고 제니퍼 로렌스는 이때 한수에게 더할 나위 없는 호감을 품게 된다.

그러면서 두 사람은 하룻밤을 갖게 되고 그 이후 한수는 그녀를 떠나보낸 뒤 생존을 위해, 그리고 자신에게 씌워진 음모를 파헤치기 위해.

폴 그린그래스 감독은 카메라 앞에 앉은 채 모든 상황을 꼼꼼하게 확인했다.

한수가 피아노에 다가간 다음 연주하는 모습이 카메라 앵글에 잡혔다.

폴 그린그래스 감독은 그 모습을 보며 눈을 빛냈다.

예전에만 해도 한수에게는 톱스타에게 느껴지는 그런 아우라 같은 게 크게 느껴지지 않았다.

그가 유명인인 것은 맞지만 할리우드 영화에서도 톱스타로 꼽히는 몇몇 배우들에게는 말로 표현할 수 없는 아우라 같은 게 있었다.

폴 그린그래스 감독은 신인 시절에도 그런 아우라를 뿜어내는 배우들을 몇몇 봤고 그들은 예상했던 대로 거물급으로 자라나곤 했다.

벤 애플렉이나 맷 데이먼도 그런 배우들이었다.

그러나 한수에게는 이상하게 그런 아우라를 볼 수 없었다.

그래서 폴 그린그래스 감독은 내심 그게 아쉬웠다.

'영화배우로서는 대성할 수 없는 그런 배우인 건가'라는 생각이 들어서였기 때문이다.

하지만 오늘 보는 한수에게는 특별한 아우라 같은 게 느껴지고 있었다.

실제로 한수가 연기를 하고 또 연주를 하려 하자 이곳에 있는 많은 사람이 숨죽이고 있는 게 보이고 있었다.

그것은 특출한 몇몇 배우가 현장을 장악할 때 보이는 그런 것이었다.

동시에 한수가 연주를 시작했다. 그가 연주곡으로 선정한 건 리차드 클레이더만(Richard Clayderman)의 아드린느를 위한 발라드(Ballade Pour Adeline)였다.

아무래도 유명한 연주곡일수록 대중들의 반응을 이끌어내기 쉬울뿐더러 그만큼 분위기를 끌어올릴 수 있을 터였다.

그렇게 아름다운 연주가 끝난 뒤 폴 그린그래스 감독은 주저 없이 컷을 외쳤다.

단 한 번의 NG도 없이 깔끔하게 촬영이 마무리된 것이었다.

그와 함께 박수갈채가 쏟아졌다. 촬영이 일찍 끝났기 때문이 아니라 진심으로 한수의 연주에 감복했기 때문이다.

그들 모두 한수의 라이브 연주를 들으며 감탄할 수밖에 없었다.

마음속을 잔잔하게 울리는 그런 연주여서다. 그리고 촬영팀에게는 사흘 동안 휴가가 주어졌다.

촬영이 끝난 뒤 한수는 폴 그린그래스 감독과 저녁 식사를 함께 했다.

폴 그린그래스 감독이 한수에게 오늘 촬영 도중 느꼈던 것을 솔직하게 이야기했다.

폴 그린그래스 감독의 말을 들으며 한수가 웃어 보였다.

"그러셨군요."

"이제 자네도 진짜 배우가 되었군. 응당 배우라면 그렇게 주변 사람들을 자신에게 끌어당겨야 하는 법이거든."

"제니퍼처럼요?"

한수 옆에 앉아 있던 제니퍼가 눈을 동그랗게 떴다.

폴 그린그래스 감독이 그 말에 너털웃음을 터뜨렸다.

"하하, 맞는 말이야. 제니퍼만 한 여배우는 할리우드에서도 드문 편이지."

실제로 제니퍼 로렌스는 웬만한 남자 배우 못지않게 할리우드에서도 엄청난 인기몰이를 하고 있는 배우였다.

단순히 인기몰이뿐만 아니라 그녀의 연기력은 이십 대 여배우 중에서는 단연 톱이었다.

그때 폴 그린그래스 감독이 두 사람을 번갈아 바라보며 물었다.

"둘이 썸을 타고 있는 건 알았지만 언제부터 사귀게 된 건가?"

"……에, 그게."

한수가 머쓱한 얼굴이 되었다.

그러고 보니 서로 고백한 적은 없었다.

어쩌다 보니 마음이 통했고 어떻게 하다 보니 사귀게 됐을 뿐 누가 먼저 고백한 적은 없었다.

그것도 잠시 폴 그린그래스 감독이 어색함을 풀기 위해서 두 사람을 향해 물었다.

"촬영도 끝났고 두 사람은 이제 어떻게 할 생각인가?"

"일찍 촬영을 끝냈으니 함께 파리 관광을 다녀야죠. 사실 일찍 오긴 했지만 에펠탑은커녕 루브르 박물관도 가보질 못했거든요."

"그렇군. 나는 바로 돌아갈 생각이네. 추가 작업이 아직 많이 남아 있거든."

"그렇군요."

"덕분에 비행기 티켓을 바꿔야겠어. 이렇게 일정이 앞당겨질 줄은 생각지도 못했거든. 하하."

"감독님 혼자 귀국하시는 건가요?"

"그래야지. 다른 사람들 휴가를 빼앗을 수는 없지 않은가? 그러면 다음 기회에 또 보세. 좋은 시나리오가 들어오면 자네한테 연락하겠네."

폴 그린그래스 감독이 먼저 자리에서 일어났다.

연인의 데이트를 더 이상 방해하고 싶지는 않았다. 그 정도로 눈치가 없는 건 아니었다.

그가 떠난 뒤 제니퍼 로렌스가 한수를 보며 말했다.

"축하해. 폴 그린그래스 감독님께서 네가 마음에 들었나봐."

"응?"

"다음에 또 같이 촬영하자고 하셨잖아. 그만큼 네가 흡족하다는 뜻일 거야."

"아."

한수가 환한 얼굴로 미소를 지었다.

그래도 폴 그린그래스 감독을 만나 함께 영화 촬영을 하게 된 건 한수에게 정말 좋은 기회였다.

그만큼 폴 그린그래스 감독은 좋은 감독이었고 그와 함께 촬영하면서 한수는 많은 것을 배울 수 있었다.

그때 제니퍼 로렌스가 한수를 지긋이 바라보며 물었다.

"그건 그렇고 고백은 언제 할 거야?"

"응?"

"아까 감독님 말하는 거 듣고 갑자기 생각이 나서."

"……어, 음."

한수가 머뭇거렸다.

방금 전까지만 해도 그가 좋았었는데 제니퍼 로렌스 말에 괜히 폴 그린그래스 감독이 원망스러워졌다.

"음, 한번 준비해 볼게."

그리고 그다음 날, 두 사람은 함께 파리의 구석구석을 돌기 시작했다.

제일 먼저 향한 곳은 파리의 상징이라고 할 수 있는 에펠탑이었다.

두 사람은 하늘 위로 쭉 뻗어 있는 에펠탑을 위로 올려다봤다.

몇 차례 영화 촬영 때문에 프랑스 파리에 와본 적 있는 제니퍼 로렌스와 달리 한수는 에펠탑을 보는 게 처음이었다.

이전 촬영 때도 파리에서 촬영을 끝내자마자 곧장 마드리드로 이동을 해야 했다.

관광 같은 걸 할 여유는 없었다.

에펠탑을 보고 난 뒤 두 사람은 루브르 박물관으로 향했다.

두툼한 외투와 목도리 등으로 완전무장을 한 덕분에 다행히 아직 누군가한테 들킨 적은 없었다.

그리고 이틀째 되는 날이 지나고 사흘째 되는 날, 두 사람은 파리의 구석구석을 돌아다녔지만, 여전히 한수에게는 이렇다 할 소식이 없었다.

한수가 고백하기만 기다리고 있던 제니퍼 로렌스로서는 답답하기만 한 나날이었다.

이제 내일이면 귀국해야 하는 날이다.

결국 제니퍼 로렌스는 결심을 굳혔다.

정 한수가 고백하지 않는다면 자신이 먼저 하기로.

CHAPTER 6

한수와 제니퍼 로렌스는 나흘째 되는 날 다시 한번 파리를 돌아보기 시작했다.

오늘은 제니퍼 로렌스가 귀국해야 하는 날이었다.

그녀가 귀국하기 전 최대한 많은 추억을 쌓아두고 싶었다.

몇몇 파파라치가 두 사람에게 따라붙었고 쉴 새 없이 사진을 찍어댔다.

이미 두 사람이 열애 중이라는 건 할리우드에 파다하게 알려져 있었다.

파파라치들이 증거물로 찍어댄 사진 덕분이었다.

또한 한국에도 두 사람이 연애 중인 게 알려진 건 바로 어제였다.

한수는 박 대표와 윤환에게 그 소식을 들어 알고 있었다.

아마도 그가 런던에서 마지막 일정을 끝내고 귀국한다면 한국에서 야단법석이 날 게 분명했다.

한수가 지금 연애 중인 상대는 평범한 B급 배우가 아닌 할리우드에서 가장 잘 나가는 여배우 가운데 한 명이기 때문이다.

그러나 그건 차후 생각해 볼 문제였다.

한수는 지금 이 시간을 소중하게 여기고 추억을 쌓으려 하고 있었다.

두 사람 모두 영화배우인만큼 시간을 낸다는 건 여러모로 어려운 일이었다.

늘 시간에 쫓길 수밖에 없었다.

이렇게 나흘 정도 휴가를 얻어낼 수 있던 것도 제니퍼 로렌스가 영화 촬영을 최대한 끝내놓고 왔기 때문에 가능했던 것이었다.

이번 휴가가 끝난 뒤 또 언제 이런 시간이 주어질지는 알 수 없는 일이었다.

저녁 비행기로 돌아가기로 되어 있는 제니퍼 로렌스를 위해 한수는 점심 식사를 먹은 뒤 어느새 땅거미가 지고 있는 파리의 밤하늘을 돌아봤다.

그러고 보면 일주일 뒤 크리스마스였다.

이미 파리 곳곳은 크리스마스 분위기가 물씬 풍겨 나오고 있었다.

한수가 제니퍼 로렌스를 바라보며 물었다.

"세느강에 가서 유람선이라도 탈까?"

"그럴까?"

제니퍼 로렌스가 두근거리는 얼굴로 한수를 바라봤다.

귀국행 비행기는 저녁 11시에 있었다.

입국심사를 고려한다고 해도 아직 시간적인 여유는 충분했다.

무엇보다 유람선이라고 하니 저절로 기대가 될 수밖에 없었다.

열애설이 퍼지는 것에 그치는 게 아니라 한수한테서 확답을 받고 싶다는 그런 생각에서였다.

두 사람은 세느강으로 향했다.

그리고 선착장에서 표를 끊은 뒤 유람선에 올라탔다.

하늘이 급격히 어두워지고 있는 덕분에 파리의 야경을 보기 위해서인지 꽤 많은 관광객이 유람선에 올라타 있었다.

한수도 인파를 헤치며 제니퍼 로렌스와 함께 유람선에 올라탔다.

손님이 몇 명 더 탄 다음 두 사람을 태운 유람선이 세느강을 따라 움직이기 시작했다.

저 멀리 노랗게 빛나고 있는 에펠탑이 보였다.

파리의 상징이라고 할 수 있는 에펠탑은 멀리서 봐도 눈이 부실 만큼 아름다웠다.

가만히 에펠탑을 바라보던 그때, 한수는 호주머니를 뒤적였다.

오늘 그녀가 귀국하기 전 어떻게든 성사를 시켜야 했다.

그리고 유람선이 에펠탑과 가장 가까운 거리까지 이르렀을 때였다.

한수는 주머니에서 반지 하나를 꺼냈다.

화려한 반지는 아니었다.

그런 반지는 프로포즈를 할 때 써야 했으니까.

수수하기는 하지만 한수가 오랜 시간 고민한 끝에 찾아낸 그런 반지였다. 그리고 한수가 반지를 그녀에게 내밀며 말했다.

"나하고 사귈 거지?"

제니퍼 로렌스는 두근거리는 심장을 가라앉혔다.

세느강의 유람선을 탄다는 말에 내심 이 순간을 기다리고 있었다.

얼마나 한수가 반응이 없었으면 자신이 먼저 고백할 생각까지 했겠는가.

그래도 이렇게 한수의 마음이 담긴 말을 듣게 되어 다행이었다.

제니퍼 로렌스가 한수를 보며 물었다.

"……한스, 이 반지는 뭐야?"

"커플링이라고 해야겠지?"

그러면서 한수는 자신의 왼손을 보였다. 넷째 손가락에 똑

같은 반지 한 쌍이 알맞게 끼워져 있었다.

제니퍼 로렌스는 더 이상 생각할 것도 없다는 듯 웃으며 말했다.

"사랑해."

한수는 대답 대신 그녀에게 입맞춤을 했다. 몇몇 관광객이 두 사람을 보며 눈을 동그랗게 떴다.

"진짜 유럽 사람들은 개방적이라더니 그런가 봐요."

"그러게. 그래도 부럽다. 둘 다 선남선녀 같은데."

개중에는 한국에서 온 관광객도 있었다.

그들은 서로 입을 맞추고 있는 한수와 제니퍼 로렌스를 연신 곁눈질하며 잔뜩 부러워하고 있는 중이었다.

제니퍼 로렌스는 그 날 저녁 행복한 얼굴로 귀국했다.

그녀를 배웅한 뒤 한수는 다시 호텔로 돌아왔다.

휴가는 끝났고 내일부터는 런던으로 이동해서 마지막 순회공연을 가질 예정이었다.

런던 필하모닉 오케스트라와의 협연한 뒤 순회공연을 일단락하기로 예정되어 있었다.

원래 일정대로라면 미국, 아시아에서도 추가적인 공연을 해야 했다.

특히 우승자가 동양인 데다가 그가 워낙 유명한 스타인 만큼 아시아 시장에서 순회공연을 할 수 있다면 그만큼 많은 수익을 얻을 수 있을 게 분명했다.

하지만 한수는 애초에 쇼팽 국제 피아노 콩쿠르 협회와 유럽 순회공연까지만 함께 하기로 약속을 맺어둔 상황이었다.

만약 미국 및 아시아 순회공연까지 함께 한다면 내년 여름까지는 계속해서 순회공연에 매달려야 할 테고 그렇게 되면 한수 개인으로서는 이득보다 손해가 더 심하기 때문이다.

그가 순회공연을 몇 차례 뛰는 것보다 그 시간에 영화 한 편을 더 촬영하거나 혹은 광고 촬영을 추가적으로 더 하는 게 돈을 벌기엔 더 유익한 일이었다.

어쨌든 파리에서 마지막 하룻밤을 보낸 뒤 한수는 아침 일찍 런던으로 이동할 준비를 서둘렀다.

어제까지만 해도 제니퍼 로렌스와 함께 밤을 지새웠던 걸 생각하면 혼자서 맞는 파리의 아침은 왠지 모르게 외로움이 느껴졌다.

'이럴 줄 몰랐는데 말이야.'

생각 외로 제니퍼 로렌스의 공백이 꽤 많이 느껴졌다.

그때 생각에 잠겨 있던 한수에게 두 사람이 다가왔다.

"왜 그렇게 얼이 빠져 있어? 제니퍼가 벌써 그리운 거야?"

사이먼이 이죽거리며 물었다.
한수가 웃으며 대답했다.
"그냥 조금 생각이 나고 그러네요."
"진짜 조금인 거야? 나 제니퍼하고 연락처도 교환했거든?"
"사실대로 말하면 아주 많이 보고 싶네요."
"그래. 그래야지. 제니퍼가 너 경호 좀 잘해달라고 신신당부를 하더라고."
한수가 눈매를 좁혔다.
"그게 아니라 감시 아니에요?"
"그거야 뭐 겸사겸사 같이하는 거고. 하하."
사이먼은 크게 부정하지 않았다.
한수는 제니퍼 로렌스가 무슨 말을 하고 갔을지 짐작이 갔다.
그때 가만히 이야기를 듣고 있던 다니엘이 한수에게 물었다.
"이제 런던으로 넘어갈 거지?"
"예, 그래야죠. 런던이 마지막이에요."
"그러고 보니 베어가 한번 보자고 하더라. 어떻게 할래?"
"저야 좋죠. 베어는 런던에 있는 거예요?"
"응. 디스커버리하고 틀어진 뒤 한동안 집에서 가족들과 시간을 보냈을걸? 뭐, 런던에 가는 김에 겸사겸사 보러 가자고."
"예. 좋아요."
베어 그릴스뿐만 아니라 봐야 할 사람들이 여럿 있었다.

에드 시런도 있고 폴 매카트니를 비롯한 지미 페이지와 에릭 클랩튼도 있다.

그들뿐만 아니라 노엘 갤러거도 만나봐야 했다.

런던까지 갔는데 연락을 하지 않는다면 그가 길길이 날뛸 것은 분명한 사실이었다.

'그러고 보면 런던에 인연이 참 많네.'

다른 대도시들보다 유독 런던에 인연이 많았다.

한수가 처음 유명세를 쌓기 시작한 곳이 런던이어서 그런 것일지도 몰랐다. 그리고 그들은 유로스타를 타고 파리에서 런던으로 이동했다.

쇼팽 국제 피아노 콩쿠르의 순회공연을 마무리 짓기 위함이었다.

런던에 도착한 뒤 한수는 바르샤바 필하모닉 관현악단과 곧장 런던 필하모닉 관현악단을 만나기 위해 출발했다.

런던에는 런던 필하모닉 말고도 다른 관현악단이 몇 곳 더 있다.

실제로 네임밸류만 놓고 보면 런던 필하모닉 관현악단보다는 런던 심포니 관현악단이 한 수 위로 여겨진다.

그런데도 바르샤바 필하모닉이 런던 필하모닉을 찾은 건 공연 일정이 그들과 맞았기 때문이다.

그렇게 바르샤바 필하모닉 관현악단이 도착한 곳은 사우스뱅크 센터(Southbank Center)였다.

한수는 오랜만에 방문한 사우스뱅크 센터를 보며 쓴웃음을 지었다.

설마하니 런던 필하모닉 관현악단이 이곳에서 정기적으로 연주회를 가지고 있을 줄은 생각지도 못한 일이었다.

사우스뱅크 센터에 도착했을 때 그들은 런던 필하모닉 관현악단의 수석 지휘자를 비롯한 주요 인사들과 사우스뱅크 센터의 협회장이 마중을 나와 있는 모습을 볼 수 있었다.

"마에스트로 블라미르, 잘 지내셨습니까?"

런던 필하모닉 관현악단의 마에스트로는 삼십 대 후반쯤 되어 보이는 잘생긴 젊은 남자였다.

그가 환한 표정으로 필립 마젤에게 악수를 건넸다.

"물론입니다. 마에스트로 필립. 이렇게 뵙게 되어 영광입니다. 그리고 초대에 응해주셔서 정말 감사합니다."

"저야말로 런던 필과 함께 연주회를 갖게 되어 좋은 기회로 생각하고 있습니다."

필립 마젤이 밝게 웃어 보였다.

그때 마에스트로 블라미르가 옆에 서 있는 남자를 소개했다.

"인사하시죠. 이곳 사우스뱅크 센터를 책임지고 계시는 협회장님입니다."

협회장이 고개를 숙여 보였다.

"반갑습니다. 사우스뱅크 센터의 협회장 조셉입니다."

"미스터 조셉. 마에스트로 필립입니다. 이곳에 머무는 동안 잘 부탁드리겠습니다."

"물론입니다. 최대한 편의를 봐 드리겠습니다. 좋은 연주회, 부탁드립니다. 그보다 그분은……."

협회장 조셉. 그가 찾는 사람은 따로 있었다. 그리고 한수도 그를 기억하고 있었다.

"미스터 조셉. 오랜만입니다. 잘 지내셨습니까?"

"하하, 미스터 강! 이렇게 다시 만나게 될 줄이야. 그때 버스킹을 하러 왔던 그 청년이 쇼팽 국제 피아노 콩쿠르에서 우승한 피아니스트가 되어 돌아올 줄은 생각지도 못했습니다."

"사람 일이라는 게 언제 어떻게 될지 아무도 모르는 거니까요."

한수도 미소를 지었다.

황 피디하고 함께 「싱 앤 트립」 촬영을 위해 런던으로 왔을 때 그는 버스킹을 하려고 신중하게 자리를 골라야 했다.

그러다가 사우스뱅크 센터에서 먼저 허가를 받아야 한다는 걸 알게 됐고 한수는 사우스뱅크 센터에서 조셉을 만날 수 있었다.

그때 조셉이 한수를 무시하고 버스킹을 허락하지 않았으면 지금쯤 이 모습의 한수는 보기 어려웠을지도 모른다.

애초에 한수가 버스킹을 한 것 덕분에 노엘 갤러거나 에릭 클랩튼 같은 유명한 음악인들을 만날 수 있었기 때문이다.

조셉은 진심으로 한수를 반가워하고 있었다.

그가 볼 때도 놀라운 일일 터였다.

당시에 한수의 위상과 지금 한수의 위상은 어마어마한 차이가 있기 때문이다.

그렇게 인사를 나눈 뒤 그들은 본격적으로 내일모레 있을 연주회에 관해 논의를 거듭했다. 그리고 논의가 끝났을 무렵 한수는 뒤늦게 호텔로 돌아올 수 있었다.

그러나 내일 또 사우스뱅크 센터에 와서 리허설을 해야 했다.

그래도 이번 런던 순회공연만 끝나면 한동안 쉴 수 있는 만큼 한수는 마지막 힘을 다해 최선의 준비를 하고 있었다.

그렇게 한수가 피곤에 지친 몸으로 호텔로 돌아왔을 때였다.

그는 자신을 찾아온 손님을 만날 수 있었다.

"런던에 왔으면 f***, 진즉에 연락을 해야 했을 거 아니야! 이 자식아!"

오랜만에 보는 반가운 얼굴.

한수가 웃으며 그를 끌어안았다.

"반가워요, 노엘."

"됐거든! 꺼져!"

노엘 갤러거는 계속해서 한수를 밀어냈다.

하지만 한수는 알 수 있었다.

그가 오랜만에 보는 자신을 진심으로 반기고 있다는 것을.

노엘 갤러거가 한수를 억지로 떨어뜨려 놓았다.

그런 뒤 그가 한수를 보며 퉁명스러운 목소리로 말했다.

"안 보는 사이 클래식 가이가 되었던데?"

"하하, 클래식 가이까진 아니고. 예전에 누군가 했던 말이 꽤 짜증이 났었거든요. 그래서 앙갚음한 것 정도에 불과해요."

"아, 그 유튜브 댓글 말하는 거 맞지?"

"비슷해요. 알고 보니 프랑스 교수더라고요."

"교수라는 사람이……. 그 사람은 만나봤어?"

"예. 우연찮은 기회에 만나봤어요. 그리고 사과하더라고요. 그러면서 일 년 전하고 지금 하고 너무 차이가 많이 난다고 신기해하던 걸요?"

"그래? 어쨌든 우리 클래식 가이가 잘 나간다니 좋은 일이네. 그보다 걔는 안 왔어?"

"예? 누구요?"

한수가 고개를 갸웃거렸다.

그러자 노엘 갤러거가 웃으며 말했다.

"제니퍼 말이야. 제니퍼 로렌스. 둘이 사귄다는 소문이 파다하게 퍼졌던데?"

한수가 얼굴을 붉혔다.

그것도 잠시 한수가 고개를 끄덕이며 말했다.

"예. 사귀는 건 맞는데 미국으로 돌아갔어요. 촬영이 남아 있다고 들었거든요."

"아, 이거 아쉽게 됐네. 한번 보고 싶었거든. 영화관에서는 종종 봤는데 실물로는 본 적이 없어서 말이야."

"하하, 나중에 소개해 드릴게요. 그보다 노엘은 요새 어떻게 지냈어요?"

"나? 나야 늘 그렇지. 음반 몇 개 더 작업했고, 그 덕분에 돈 좀 많이 벌었지. 뭐, 그런데 진짜 이렇다 할 좋은 멤버가 없더라고."

"멤버? 아, 밴드 멤버요?"

"응. 솔로로 활동하는 것보다는 밴드로 활동하는 게 나을 것 같았거든. 근데 나하고 마음이 맞는 밴드 멤버를 쉽게 찾을 수가 있어야지. 후, 그것 때문에 밴드 활동도 못 하고 그냥 곡만 모으고 있는 중이야."

"아하, 왜요? 노엘 정도면 정말 많은 사람이 줄을 서고 밴드 멤버가 되고 싶어서 기다릴 게 분명한데……."

노엘 갤러거는 살아 있는 전설이다. 누구라도 그와 같은 밴드 멤버가 되고 싶어 한다.

노엘 갤러거가 멋쩍은 얼굴로 말했다.

"실력이 되는 멤버가 없으니 그렇지. 후, 내 마음에 드는 멤버가 없어."

"……하긴."

한수도 멋쩍게 웃었다. 노엘 갤러거의 안목이 보통도 아니고 눈에 차는 멤버는 그만큼 적을 것이다.

그때 노엘 갤러거가 스리슬쩍 한수를 쳐다보며 물었다.

"너는 어때?"

"예?"

"너 말이야. 내 밴드로 들어오는 거 어때?"

"제가요?"

"그래. 너 보컬에 기타, 피아노까지 되잖아. 나는 네가 내 밴드로 들어오면 진짜 좋을 거 같거든. 한스 신드롬은 아직도 여전하고. 어때?"

한수가 그 말에 머뭇거렸다.

노엘 갤러거의 표정이 초조해졌다.

그가 눈매를 좁히며 물었다.

"왜? 안 내켜?"

"그게 아니라…… 음, 사실은 제가 매력적인 제안을 두 곳에서 더 받았거든요. 그래서 조금 고민이 되긴 하네요. 노엘이 그 제안을 뛰어넘는 제안을 해줄지 모르겠어서요."
"응? 어딘데? 설마 리암, 그 자식이야?"
"네? 그건 아니고요. 하하."
한수가 머쓱한 얼굴로 웃으며 말을 이었다.
"맨체스터 시티하고 레알 마드리드에서 제안이 왔어요. 둘 다 세계 최고 선수 수준의 연봉을 주겠다고 하더라고요. 그밖에 뭐 별의별 보너스가 추가로 붙긴 했지만…… 어쨌든 어때요?"
"야! 설마 너 복귀하는 거냐?"
노엘 갤러거가 눈을 크게 떴다. 그가 당혹스러운 얼굴로 한수를 바라봤다.
이적 썰이 돈 건 알고 있다. 몇몇 스포츠 매체에서 관련 사실을 보도했기 때문이다.
하지만 노엘 갤러거는 그걸 믿지 않았다.
신문을 팔기 위해 자극적인 보도를 하는 경우는 무수히 많이 봤다. 이번에도 그런 경우라고 여겼다.
그런데 설마하니 본인이 직접 그것을 언급할 줄은 생각지도 못한 일이었다.
"아직 결정된 건 아니에요."
"야! 근데 레알 마드리드는 뭔데? 당연히 복귀한다면 맨체스터 시티로 복귀해야지."
"그건 플로렌티노 페레즈 회장이 한번 만나보고 싶다고 해서 만났다가 들은 것뿐이에요."

플로렌티노 페레즈 회장과 단둘이 만났을 때 그는 한수에게 매력적인 제안을 던졌다.

이스코와 마르코 아센시오 같은 걸출한 인재들이 있긴 하지만 그 둘로는 부족하다며 한수가 크리스티아누 호날두의 뒤를 이어주길 원했다.

하지만 한수는 레알 마드리드로 프로선수로 복귀할 생각은 고려하지 않고 있었다.

맨체스터 시티에서 한 시즌을 뛰었을 뿐이지만 그 당시 자신을 응원하던 팬들의 그 함성을 한수는 여전히 잊지 못하고 있었다.

"그럼 레알 마드리드로는 이적할 일 없는 거지?"

"아마도? 근데 어쩌면 맨체스터 시티로 복귀할 일도 없어질 수 있어요."

"응? 왜?"

"맨체스터 시티로 복귀하는 조건으로 챔피언스리그 진출을 걸었거든요."

노엘 갤러거가 그 말에 눈에 불을 켜며 소리쳤다.

"야! 그게 말이 돼? 당연히 챔피언스리그 정도는 진출……."

하지만 노엘 갤러거의 표정이 이내 어두워졌다.

그도 알고 있었다.

케빈 더 브라이너를 포함한 선발진 선수 가운데 네 명이 심각한 부상을 입었고 그들을 빼놓더라도 맨체스터 시티의 최근 성적은 좋지 않았다.

실제로 4위권 안에 들 수 있을지도 간당간당한 상태였다.

노엘 갤러거가 아쉬움을 드러냈다.

자신의 밴드 멤버로 들어오지 않더라도 그가 맨체스터 시티에서 뛴다면 그것만으로도 즐거울 터였다.

하지만 맨체스터 시티가 다음 시즌에도 챔피언스리그에 진출해야 한다고 하니 과연 펩 과르디올라 감독이 그것을 이뤄낼 수 있을지 걱정스러웠다.

펩 과르디올라 감독이 세계적인 명장인 건 맞지만 프리미어리그는 날이 갈수록 그 경쟁이 심해지고 있었다.

자본이 더 많이 늘어나고 프리미어리그 구단들이 쓸 수 있는 돈이 많아지면서 전체적으로 구단 수준이 크게 상향되었다.

게다가 중국 자본이 침투하면서 요즘 들어서는 상위권과 중위권의 구분이 크게 의미 없어진 상태였다.

그렇다 보니 지난 시즌에 우승했던 팀이 그다음 시즌에는 중위권에 머무르는 일도 비일비재했다.

그래도 명문이라고 불리는 팀은 꾸준히 상위권에 남아 있었는데 대표적인 팀이 맨체스터 유나이티드와 첼시, 토트넘 홋스퍼, 아스널, 맨체스터 시티, 리버풀 같은 팀이었다.

이들은 프리미어리그의 육강이라고 불리며 서로 그해 우승을 차지하는 등 자신만의 영역을 확고히 굳혀놓은 상태였다.

어쨌든 노엘 갤러거는 아쉬운 얼굴로 한수를 바라봤다.

이번에 그가 런던에 온다는 소식을 듣고 노엘 갤러거는 내심 한수를 자신의 밴드로 포섭하려 하고 있었다.

강한수, 그라면 자신의 기준을 충분히 충족하다 못해 상회하는 최고의 보컬리스트였으니까.

그렇지만 그의 사정도 이해해야 했다.

노엘 갤러거가 투덜거리며 말했다.

"돈도 많이 벌 텐데 저녁은 네가 사겠지? 나 물 먹여놓고 저녁도 안 산다고 하진 않을 거지?"

"하하, 그럼요. 뭐 먹을까요? 뭐든 다 제가 살게요."

다음 날 한수는 사우스뱅크 센터로 다시 향했다.

이곳에서 오늘 그는 런던 필하모닉과 리허설을 맞춰봐야 했다.

한수가 콘서트홀에 도착했을 때였다.

런던 필하모닉 관현악단의 콘서트마스터가 한수에게 성큼 다가왔다.

"어제 인사 나눴죠? 반갑습니다. 올리버입니다. 오늘 리허설, 잘 부탁드립니다."

"예, 저도 잘 부탁드립니다."

"마에스트로 블라미르는 곧 나오실 것입니다."

"알겠습니다. 그럼 저도 준비하겠습니다."

한수는 스리슬쩍 런던 필하모닉 관현악단의 분위기를 살폈다.

거의 두 달 가까운 시간 동안 함께 연주하고 호흡을 맞춘 바르샤바 필하모닉 관현악단과 달리 이들은 자신을 은연중에 무시하고 있었다.

쇼팽 국제 피아노 콩쿠르에서 우승했음에도 불구하고 한수를 얕잡아 보고 있는 게 분명했다.

한수는 지금 이 상황을 어떻게 받아들여야 할지 고민에 잠겼다.

그것도 잠시 그는 실력으로 모든 걸 입증하기로 마음먹었다.

얼마 지나지 않아 마에스트로 블라미르가 걸어 나왔다.

그가 한수를 보며 반갑게 인사를 건넸다.

"반갑군. 오늘 준비는 잘하고 왔나?"

"물론입니다."

한수가 날 서린 목소리로 말했다. 그 대답에 마에스트로 블라미르가 움찔했다.

그가 살짝 당황한 얼굴로 한수를 바라보며 물었다.

"무슨 안 좋은 일이라도 있나?"

"별일 아닙니다. 걱정하지 않으셔도 됩니다."

한수는 대수롭지 않다는 얼굴을 한 뒤 피아노 앞에 앉았다.

마에스트로 블라미르는 어깨를 으쓱했다.

그는 대충 분위기로 봐서 어떤 식으로 일이 흘러가는지 알 것 같았다.

런던 필하모닉 관현악단의 단원들은 은연중에 한수를 얕잡아보고 있었다.

아마 강한수도 그것을 느꼈을 것이다. 그리고 그는 그것을 연주로 앙갚음해 주고자 마음먹었을 터다.

음악을 하는 사람들에게는 음악으로 보여주면 되는 일이기 때문이다.

그러나 마에스트로 블라미르는 이런 상황도 나쁘지 않다고 생각했다.

오히려 강한수, 그의 진짜 실력을 확인할 수 있다는 것이 나쁘지 않게 생각됐다.

블라미르, 그 역시 한수의 진짜 실력을 보고 싶었기 때문이다. 그리고 블라미르가 지휘를 시작했다.

런던 필하모닉 관현악단이 먼저 연주를 시작했다.

그들이 연주하기로 한 건 쇼팽의 피아노 협주곡 1번이었다.

한수는 피아노 앞에 앉은 채 런던 필하모닉 관현악단의 연주를 듣기 시작했다.

그리고 그의 표정이 조금씩 싸늘해졌다.

생각했던 것보다 런던 필하모닉 관현악단의 연주는 형편없었다.

바르샤바 필하모닉이야 빈 필하모닉과 더불어 세계적인 관현악단으로 손꼽히는 곳이다.

그런 만큼 그들의 연주 실력 역시 세계에서 다섯 손가락 안에 들어간다고 할 수 있다.

그들과 두 달 가까이 순회공연을 다닌 것 때문일까?

생각했던 것보다 런던 필하모닉 관현악단의 연주는 실망스러웠다.

'고작 이 정도 실력으로……'

만약 그들이 바르샤바 필하모닉 관현악단 정도 수준만 되었어도 한수는 이들이 생각 이상이라고 생각했을지도 모른다.

그러나 그들의 실력은 기대했던 것 이하였다.

그러나 한수는 발톱을 숨긴 맹수처럼 그들의 연주가 끝나길 기다렸다. 그리고 런던 필하모닉 관현악단의 연주가 4분대로 접어들었다.

마에스트로 블라미르가 한수를 향해 눈짓을 보냈다.

이제 곧 한수가 연주에 참여할 차례. 이제 여기서 한수는 선택을 할 수 있다. 이들과 어울려 행복한 연회장 분위기를 만들어내느냐. 아니면 깽판을 치고 집기를 다 던져 부수는 악당이 되느냐.

보통 한수였으면 전자를 택했을 것이다.

그의 실력이라면 관현악단의 분위기를 최대한 끌어올리면서 그들의 연주를 한껏 더 돋보이게 만드는 것도 가능하기 때문이다.

실제로 바르샤바 필하모닉 관현악단과의 연주에서도 한수는 그런 모습을 보였다.

그래서 바르샤바 필하모닉 관현악단은 한수와 함께 합주를 할 때마다 자신들의 실력이 한층 더 좋아진다는 느낌을 받곤 했었다.

그러나 그건 한수가 그들의 연주를 최대한 끌어올려 주는 그런 연주를 했기 때문이다.

실제로 오늘 마에스트로 블라미르가 원한 그림도 그런 것이었다.

강한수가 런던 필하모닉 관현악단의 연주를 한껏 끌어올려 주는 그런 모습을 보여주길 원했다.

하지만 한수가 첫 음을 누르는 순간 마에스트로 블라미르는 알 수 있었다.

'하하, 큰일 났군.'

그는 런던 필하모닉 관현악단의 수석 지휘자다.

당연히 런던 필하모닉 관현악단의 수준이 어느 정도인지 누구보다 잘 알고 있다.

그리고 그는 이곳에 모여 있는 자신들의 단원을 바라보며 속으로 애도를 표했다.

오늘 한수는 껍질을 벗고 자신의 진짜 모습을 보여주기로 작정한 게 틀림없어 보였다.

그들은 용의 역린(逆鱗)을 건드린 셈이었다.

한수가 첫 음을 눌렀을 때 런던 필하모닉 관현악단의 단원들은 그 순간 무언가 자신을 강하게 억누르는 느낌을 받았다.

그들은 순간적으로 움찔할 수밖에 없었다.

그것도 잠시 강한수의 피아노 연주가 브레이크가 작동하지 않는 슈퍼카처럼 공도 위를 질주하기 시작했다.

런던 필하모닉 관현악단은 어떻게 해서든 한수의 연주를 따라잡으려고 애썼다.

그러나 그럴수록 피아노는 더욱더 미친 야생마처럼 날뛰었고 그들은 하나둘 나가떨어졌다.

그래도 이 중에서 꽤 실력 있는 연주자들은 어렵게 한수의 연주를 쫓았지만 3악장에 들어가기도 전 이미 상황은 끝나 있었다.

결국 마에스트로 블라미르가 연주를 멈췄다.

그리고 그가 한수를 바라보며 말했다.

"우리의 슈퍼노바께서 불만이 많은 모양이군. 무슨 일이라도 있나?"

"별일 아닙니다."

"그렇다고 하기엔 연주가 너무 과격하던걸? 우리 관현악단 단원들이 좀처럼 쫓아가질 못하더란 말이야."

그러자 단원 한 명이 벌떡 일어났다. 그가 불편한 얼굴로 한수를 힐끗 쳐다보며 말했다.

"마에스트로! 이래서야 어떻게 협주가 가능하겠습니까? 이것은 피아니스트가 명백하게 우리를 무시하고 따로 연주한 것입니다."

웅성거림이 커졌다. 몇몇이 고개를 끄덕였다.

그러나 몇몇은 눈살을 찌푸렸다.

그것도 잠시 마에스트로 블라미르가 한숨을 내쉬었다.

"비올라 잭 맞죠?"

"예, 맞습니다. 마에스트로."

"그전에 한스의 연주를 다시 곱씹어 생각해 볼 필요가 있지 않을까요? 저는 그가 최고의 연주를 보여줬다고 생각합니다."

"예?"

"아닌가요?"

"그, 글쎄요."

비올라 잭이 눈매를 좁혔다.

마에스트로 블라미르가 이야기하고자 하는 의도를 그는 아직 깨닫지 못했다.

그때 콘서트마스터가 나섰다.

"죄송합니다. 이 모든 건 저 때문입니다. 제가 단원들을 제대로 단속하지 못한 탓입니다."

"아니, 올리버! 그게 무슨……."

"휴, 잭. 애초에 너희들이 그러기 전 말렸어야 하는 건데……."

올리버가 한숨을 내쉬었다. 젊은 몇몇 단원이 철없는 장난을 치려는 걸 그도 알고 있었다.

그렇지만 그것을 금세 파악하고 피아니스트가 이렇게 난폭하게 굴지는 생각지도 못한 일이었다.

그러나 그 모든 건 자신들의 잘못이 컸다.

어쨌든 상대를 시험하려 한 건 사실이었으니까.

그때였다.

마에스트로 블라미르가 한수를 보며 말했다.

"미스터 강. 한번 이들에게 자네의 진짜 모습을 보여주는 건 어떻겠나? 바르샤바 필하모닉을 변모시킨 그 모습을 보고 싶다네.”

“알겠습니다. 마에스트로의 뜻이 그렇다니 그렇게 하도록 하죠.”

한수가 고개를 끄덕였다.

여기서 괜히 대립각을 세우는 것보다는 마에스트로의 뜻을 존중하는 것도 나쁘지 않았다.

어쨌든 런던 필하모닉 관현악단과 이미 틀어진 마당에 마에스트로와도 멀어지는 건 내일 있을 순회공연에 좋지 않은 영향을 미칠 게 분명했다.

한편 그동안 가만히 그 모습을 지켜보고 있던 바르샤바 필하모닉의 마에스트로 필립 마젤이 웃음을 흘렸다.

그 역시 처음 한수를 봤을 때는 그를 살짝 무시했었다.

왜냐하면 그는 경력도 짧고 연주 경험도 적었기 때문이다.

대여섯 살 때부터 피아노를 연주하기 시작하면서 천재로 이름을 날리고 수상경력을 얻는 천재 피아니스트들과 한수의 커리어는 비교하는 것 자체가 어처구니없는 일이었다.

실제로 한수의 커리어는 쇼팽 국제 피아노 콩쿠르 우승, 단 하나뿐이었다.

그렇지만 필립 마젤은 속단하지 않을 수 있었던 것이 그의 우승 무대를 함께 연주하기 직전 리허설을 하면서였다.

처음에만 해도 한수를 살짝 얕잡아봤던 필립 마젤은 한수의 연주 실력이 보통내기가 아님을 알 수 있었고 그를 진짜 피아니스트로 대우했다.

그러면서 바르샤바 필하모닉 관현악단도 한수의 연주를 따라잡기 위해 불철주야 노력해야 했다.

그런데도 불구하고 그들은 한수의 연주를 따라잡질 못했다.

그는 정말 신기한 존재였다.

그래서 필립 마젤은 지금 런던 필하모닉 관현악단이 느끼는 괴리감을 이해할 수 있었다.

런던 필하모닉 관현악단도 명성과 실력이 떨어질 뿐 세계적인 관현악단인 건 맞다. 그리고 그런만큼 그들 모두 엘리트들이다.

어렸을 때부터 천재 소리를 듣고 자랐으며 그 이후로도 줄곧 각종 대회에서 수상하며 이 자리까지 올라온 사람들인 것이다.

그런 그들에게 한수는 이질적인 존재였다.

그동안 단 한 차례도 수상한 적 없고 어렸을 때부터 피아노를 쳐온 적도 없는 사람이 처음으로 대회에 참가해서 우승까지 해버린 것이다.

그것을 생각하면 한수는 진짜 경이로운 기록을 써내려간 셈이었다.

필립 마젤은 이제 또다시 런던 필하모닉 관현악단이 느낄 이질적인 느낌을 생각하며 입가에 미소를 그렸다.

아마도 그들은 또 한 번 경악하게 될 것이다.

바르샤바 필하모닉 관현악단이 그랬던 것처럼.

두 번째 리허설이 시작됐다.

아까 전과 달리 이번에는 런던 필하모닉 관현악단의 연주는 여러모로 불안했다.

아까 전처럼 또다시 피아노가 깽판을 치지 않을까 하는 생각 때문에 좀처럼 집중하지 못하고 있었다.

특히 마에스트로 블라미르에게 호되게 지적을 받은 바 있는 젊은 단원들은 잔뜩 긴장하고 있었다.

아까 전 강한수가 연주할 때 유독 쫓아가지 못했던 게 바로 그들이었기 때문이다.

그리고 4분가량 오케스트라의 불안불안한 연주가 끝이 날 무렵 피아노의 연주가 시작됐다.

마에스트로 블라미르는 흥미로운 눈빛으로 한수를 바라봤다.

이번에는 그가 어떤 연주를 보여줄지 잔뜩 기대가 되고 있었다.

그뿐만이 아니었다.

바르샤바 필하모닉 관현악단의 마에스트로 필립 마젤뿐만 아니라 런던 필하모닉의 주요 임원들 그리고 사우스뱅크 센터의 협회장 조셉까지.

다들 관심을 기울이고 있었다. 동시에 피아노의 연주가 이어졌다.

'어?'

'응?'

올리버를 비롯한 젊은 단원들이 눈을 동그랗게 떴다. 아까 전 폭풍과도 같은 연주는 온데간데없었다.

마음을 진정시키는 부드러운 연주가 이어졌다. 자연스럽게 그들 마음도 정화되는 듯한 느낌이었다. 그리고 그들 연주가 조금씩 안정되기 시작했다.

그러면서 불안하게 흐르던 연주가 다시 힘을 받아 살아났다.

가만히 그 모습을 지켜보던 필립 마젤이 미소를 지었다.

"역시 대단하긴 대단해. 어째서 베토벤과 쇼팽의 뒤를 이을 최고의 피아니스트가 나타났다고 하는지 알 것 같단 말이야."

"정말 대단하군요. 엄청 불안하던 연주가 일순간 잦아든 것 같은 느낌입니다."

필립 마젤이 한수를 가리키며 말했다.

"다 저 친구 덕분이죠. 저 친구 연주가 이 런던 필하모닉 관현악단을 안정시킨 것입니다. 아마도 그는 현존하는 최고의 피아니스트라고 불러도 무방할 겁니다."

"그 정도인가요?"

"예. 그러니까 저를 비롯한 여러 마에스트로가 그에게 제발 더 클래식 업계에 남아달라고 비는 거 아니겠습니까? 하하."

필립 마젤 말에 런던 필하모닉의 임원들이 눈을 동그랗게 떴다.

설마하니 강한수가 이렇게 고평가받고 있는 피아니스트일 줄은 전혀 생각지도 못했다는 반응들이었다.

그러나 필립 마젤은 그렇게 생각하고 있었다.

비록 그의 커리어가 쇼팽 국제 피아노 콩쿠르 하나밖에 없다는 게 그의 평판을 낮추고 있긴 하지만 누가 뭐라 해도 필립 마젤이 볼 때 지금 최고의 연주 실력을 보여주고 있는 건 강한수라고 할 수 있었다.

그리고 그가 몇 차례 더 순회공연을 다니면서 콩쿠르에 꾸준히 출전해서 수상만 한다면?

그는 21세기 최고의 피아니스토로 자리매김할 수 있을 게 분명했다.

그러나 이번 런던 순회공연을 끝으로 당분간 클래식 업계를 떠나 있을 거라고 이야기하는 걸 보면 필립 마젤 입장에서는 그것이 그 무엇보다 더욱더 서글프고 애석한 일이었다.

그러는 사이 3악장까지 끝났다.

런던 필하모닉 관현악단은 믿을 수 없다는 얼굴로 한수를 바라봤다.

처음에는 한수를 얕잡아봤다.

아직 젊고 커리어는 기껏해야 쇼팽 국제 피아노 콩쿠르 우승 하나뿐이고 그걸 제외하면 초라한 수준이다.

그렇다 보니 그가 잘 쳐봤자 얼마나 잘 칠까 하는 생각을 한 게 솔직한 생각이었다.

그래도 연륜 있고 어느 정도 경험 있는 단원들은 한수를 얕잡아보긴 했어도 연주를 설렁설렁 할 생각은 하지 않았다.

하지만 젊은 단원들은 그것을 실행에 옮겼고 피아노를 자극했다.

그게 불과 몇십 분 전이었는데 그다음 보여준 연주는 어마무시한 것이었다.

마에스트로 블라미르가 박수를 쳤다.

짝짝짝-

박수갈채가 한수에게 쏟아졌다.

런던 필하모닉 관현악단의 단원들도 기립박수를 보내기 시작했다.

최고의 연주를 보여준 강한수, 그의 경이로움을 보고 나서였다.

리허설은 모두 끝이 났다.

런던 필하모닉 관현악단 단원들은 한수에게 더할 나위 없는 존경심을 느끼고 있었다.

그의 연주는 이십 대 중반의 연주자가 보여주는 연주라고 보기엔 너무나도 대단한 것이었다.

실제로 단 세 번의 리허설을 끝으로 더는 연주를 맞춰보지 않아도 될 정도로 한수의 연주는 완벽했다.

오히려 필립 마젤이 보기엔 런던 필하모닉 관현악단의 연주를 보고 한수가 맞춰주고 있다는 생각이 들 정도로 한수는 자신의 실력을 살짝 죽인 감이 없지 않아 있었다.

그리고 그 날 저녁 한수는 호텔에서 필립 마젤과 술을 마시며 대화를 나눴다.

이제 내일이면 바르샤바 필하모닉 관현악단과의 순회공연도 끝이었다.

필립 마젤이 아쉬움을 토로했다.

"한스, 미국 순회공연까지 함께 하는 건 어떻겠나?"

"마에스트로, 죄송합니다. 저는 여기서 유종의 미를 거두고 싶습니다."

"휴, 아쉬운 일이야. 그럼 내일 공연이 끝나면 뭘 할 생각인가?"

"일단 이곳 런던에서 만나봐야 할 사람이 있습니다. 내일이랑 내일모레는 미리 해뒀던 약속대로 그들을 만나본 다음 일단 귀국할 생각입니다."

"그렇군."

"마에스트로께서는 곧장 미국으로 넘어가시는 것입니까?"

"쇼팽 국제 피아노 콩쿠르 우승자가 순회공연에서 빠졌는데 미국에 간들 무슨 소용이 있겠는가? 아마 바르샤바로 돌아갈 가능성이 높겠지. 어차피 자네가 있어서 지금 이 순회공연의 수익이 유지되는 것이니 말이야."

정확히 이야기한다면 수익이 유지된다기보다는 수익이 엄청 늘어난 상황이었다.

실제로 쇼팽 국제 피아노 콩쿠르 협회뿐만 아니라 바르샤바 필하모닉 관현악단의 관계자들까지 놀랄 정도로 한수 한 명 덕분에 이번 순회공연에서 벌어들이는 수익은 어마어마했다.

5년마다 있는 순회공연.

개중에서도 이번 순회공연이 가장 많은 이득을 벌어들였다.

클래식에 대한 사람들의 관심이 점점 더 사그라들고 있다는 걸 감안한다면 강한수, 그 한 명이 갖고 있는 비중이 얼마나 큰지 누가 봐도 알 수 있는 것이었다.

"어쨌든 두 달 동안 함께 연주할 수 있어서 즐거웠네. 자네가 부디 클래식과 완전히 단절되는 게 아니길 바라겠네."

"감사합니다, 마에스트로."

"자네 같은 피아니스트를 잃는 건 생각조차 하기 싫은 일이기 때문이네. 내 말이 무슨 뜻인지는 알겠지?"

"예, 그럼요."

그리고 몇 차례 술잔을 더 나눠 마신 뒤 필립 마젤이 자신의 방으로 돌아갔다.

내일 마지막 공연이 있는 만큼 최상의 컨디션을 유지하기 위함이었다.

한수 역시 마지막 공연을 준비하기 시작했다.

한 사람의 도발로 시작된 피아니스트의 길. 그러나 이 연주회를 통해 한수는 많은 걸 얻을 수 있었다. 그리고 많은 사람을 알게 되었다.

그들 모두 한수에게는 소중한 인연이었다.

아름답게 끝맺음을 맺기 위해 한수는 마지막 공연을 준비하기 시작했다.

이미 사우스뱅크 센터에 있는 콘서트홀에는 4만 5천 명 정도 되는 관객이 가득 들어차 있었다.

그리고 한수가 무대에 올라섰을 때. 이곳에 모인 4만 5천 명의 관객이 일제히 기립박수를 보내기 시작했다.

피아니스트로서 강한수가 가지는 마지막 무대인 걸 알고 있는 관객들이 보내는 열광적인 응원이었다.

to be continued